Journal intime d'un mort

ŒUVRES DE JEAN DUTOURD

AUX ÉDITIONS PLON

Romans : *un volume de 1 500 pages*
Essais et autobiographie : *un volume de 1 100 pages*
Journal des années de peste
À la recherche du français perdu
Jeannot, mémoires d'un enfant
Le Siècle des lumières éteintes
Dutouriana
Les cinq à sept de Fernand Doucin
Les Voyageurs du Tupolev

AUX ÉDITIONS FLAMMARION

Trilogie française, romans
Pluche ou l'amour de l'art, roman
Mémoires de Mary Watson, roman
Le Feld-Maréchal Von Bonaparte, essai
Le Septième Jour, récits des temps bibliques
Domaine public, critique littéraire

JEAN DUTOURD
de l'Académie française

Journal intime d'un mort

Plon

ISBN 2-259-20095-8

Il en est de la mort comme de tout : tant qu'on n'y a pas tâté, on s'en fait un monde. Moi, par exemple, j'avais une peur affreuse non pas tellement d'être mort mais du moment de la mort, de la seconde pendant laquelle on passe, quasiment sans le soupçonner, de l'état de vivant à l'état de défunt. Je me faisais des idées complètement folles là-dessus. Folles et vagues. Je me voyais fendu en deux d'un coup de hache, pris dans un tremblement de terre, mon corps accouchant de mon âme dans des douleurs surhumaines. Et tout cela pour arriver où, pour trouver quoi ? Cruelle incertitude ! Toute ma vie, j'ai hésité entre l'être et le néant, selon la formule du petit père Sartre. L'être, c'était Dieu, le bon Jésus, la Sainte Vierge et tous les saints qui m'accueilleraient dans un Paradis appétissant comme une enluminure du Moyen Age. Le néant avait aussi ses charmes mais il était moins pittoresque. Il ne l'était même pas du tout. En outre, l'idée de n'avoir plus de pensée, de devenir brin d'herbe ou caillou, me contrariait. C'est idiot mais c'est ainsi. Je me rassurais en rêvassant sur le cerveau humain. Il n'était pas possible que quelque chose d'aussi compliqué que le machin placé dans notre boîte crânienne ait été le fruit du hasard ou même de l'évolution des espèces. Une volonté, un esprit se tenait forcément derrière cela. Pour compliquer tout, il y avait la religion catholique dont j'étais nourri depuis l'enfance et qui m'était devenue consubstantielle, de la même façon que ma langue maternelle.

L'inconvénient d'être mort, c'est qu'on ne peut plus agir sur la matière. Mais cela aussi a ses avantages, à savoir qu'on n'est plus tourmenté par cette fichue matière, justement. Je veux dire par là qu'une minute, une seconde, un instant avant de passer l'arme à gauche, j'avais mal partout ; il n'y avait pas un centimètre carré de ma carcasse qui ne me fît souffrir ou, au moins, me gênât. Et tout à coup, pfuitt ! plus de démangeaisons, plus de sciatique, d'arthrite, de prostate, rien. Le rêve ! Je ne m'étais pas senti aussi bien depuis l'adolescence. Autre plaisir, je suis devenu comme les vampires dont les miroirs ne reflètent pas l'image : moi non plus je ne me vois pas quand je passe devant une glace et j'en suis enchanté. Depuis plusieurs années j'avais soupé de ma trombine. Cette calvitie, ces rides, cet œil clignotant, ce nez qui s'allonge avec les années avaient fini par me dégoûter de moi.

Quoi qu'il en soit, mort ou non, j'ai des idées, j'ai une pensée qui, si l'on en croit Descartes, suppose que j'existe. D'ailleurs (et selon moi, c'est plutôt bon signe... enfin, signe que tout n'est pas fini) j'ai la certitude que mon vieux moi, auquel je suis accoutumé depuis ma venue au monde, est toujours là, qu'il m'habite entièrement et qu'il attend quelque chose comme une nouvelle vie, un nouveau destin qui ressemblera à ce que j'ai été, en mieux, après un séjour indéterminé partout et nulle part. Je suis peut-être au Purgatoire, cet endroit dont on dit qu'il n'existe pas, mais auquel croyait Dante qui avait accès aux secrets les plus cachés comme, quelquefois, les poètes.

Si vraiment je suis au Purgatoire, ce n'est pas bien méchant. Je dirai même que c'est à mi-chemin entre la terre et le Paradis. Quoiqu'on ne communique avec personne, j'ai le sentiment bizarre d'être interné dans une sorte de zone de rééducation. Nul ne m'oblige à rien, cependant je sens mon esprit se modifier, devenir plus tolérant, plus original, plus fataliste, plus philosophe. Si je n'étais une buée, une vapeur, je dirais que j'ai appris à faire des sourires indulgents. J'en fais tout le temps et il me semble que les sourires donnent une forme à mon moi évanescent. Je suis comme le chat d'*Alice* dont le sourire subsiste dans l'air après que l'animal a disparu.

Il n'y a pas huit jours que je suis mort et j'ai déjà compris la grande leçon du monde. Je la subodorais bien de temps à autre mais je ne m'y arrêtais pas, je la prenais pour un lieu commun, une phrase toute faite, une maxime pour moralistes du dimanche. Cette grande leçon si méconnue, c'est que rien n'a d'importance. On m'objectera le bien, le mal, la mort ou la souffrance des êtres que l'on aime ; on m'objectera Napoléon qui a fait tuer plus d'un million d'hommes, Hitler, Staline, les divers monstres du XXe siècle Objections faciles à repousser : un peu de temps passe et, comme disait Valéry, tout va sous terre et rentre dans le jeu. Tout finit par se transformer en courant d'air. La bonne surprise, c'est que le courant d'air cogite, et se rappelle quelques détails de la vie dans ce qu'on nomme « Ici-bas ».

La mauvaise surprise, c'est que l'éternité n'est pas ce qu'on croyait. Je fondais beaucoup d'espoir sur elle quand je n'avais rien de mieux à faire que d'y songer. L'éternité, me disais-je, étant la simultanéité de toutes choses, j'aurai le plaisir de contempler comme si j'y habitais le Paris d'autrefois. Pourquoi Paris ? Pourquoi pas Babylone ou Memphis ? Parce que c'est ma ville, que j'y suis né, qu'elle est vieille et que la vieillesse, ou plutôt la modernisation, l'a amochée. Aussi loin que ie me souvienne, j'ai toujours eu envie de contempler les tours de la Bastille. Ah ! voir la Bastille et revivre !

De là, je sautais au Louvre de Philippe Auguste. La Rome de Néron m'aurait bien plu, elle aussi, et pendant qu'on y était, pourquoi pas l'Athènes de Périclès ? Ce tourisme posthume est ridicule, mais y a-t-il quelque chose de ridicule après qu'on est mort ? Le ridicule est une affaire de vivants, c'est-à-dire de gens qui ont le choix entre plusieurs attitudes et qui tombent dans la pire, tandis que les morts n'ont aucun choix, ils sont figés pour toujours. Mes rêveries prouvent au moins que j'entretenais une légère démangeaison métaphysique, ou que j'avais envie de repousser les cloisons de la réalité. A la vérité, la mort m'a plongé au cœur même de la question philosophique numéro un : le problème du temps. Etant devenu un esprit, je ne suis plus soumis à la dictature des heures, des jours et des années, mais le monde dans lequel je suis condamné pour le moment à demeurer l'est toujours, lui, et tout se passe comme si je l'étais aussi, à ma manière.

Autre phénomène qui devrait m'intriguer et auquel je me plie docilement, ce qui me confirme que je fais un stage au Purgatoire : je n'arrive pas à m'éloigner de ma tombe. Je devine dans cette assignation à résidence une malice des puissances supérieures. C'est que, de mon vivant, je n'ai guère fréquenté les cimetières. Mes affaires, mes distractions, mes plaisirs m'en écartaient efficacement. Quand par hasard un regret m'effleurait, j'appelais la raison pour le chasser, à savoir que les trépassés ne sont pas dans le trou où on les a mis, mais autour de nous, voletant comme de bons anges, et que si l'on veut leur parler, il n'est pas nécessaire d'aller leur faire des visites, il suffit de s'adresser mentalement à eux, rien ne leur échappe.

Tout cela, évidemment, c'est de la blague. En mourant, j'ai laissé derrière moi ce qu'on appelle des proches, à commencer par ma femme. Personne, je dis bien personne, depuis que je suis devenu un fantôme, ne m'a fait de muettes confidences, de silencieuses prières, d'aveux chuchotés ou, du moins, si l'on m'en fait, je ne les perçois pas. Quant aux pèlerinages à mon mausolée, je suis payé dans ma monnaie. Depuis que je suis enterré, pas un chat ne m'a rendu visite. Aucun parent, aucun ami ne m'a apporté un pot de pétunia. J'en suis réduit, pour m'occuper, à me promener entre les tombes, ce qui n'a rien de rigolo. Non que mes confrères couchés dans la terre me flanquent des idées noires, mais parce que les monuments funéraires sont d'une laideur, d'une mesquinerie qu'on ne trouve que chez nous, dans notre beau pays de France, et qui n'ont d'égales que celles des cafés, débits de boisson et mastroquets nationaux. Pour un homme comme moi, ou comme j'étais de mon vivant, ces cochonneries sont un supplice. Les tombeaux reflètent l'âme des gens qui sont dedans ; ils en sont, si je puis dire, la représentation sculpturale. Depuis une semaine que je me balade dans les allées du cimetière, j'ai le sentiment d'avoir passé en revue les diverses petitesses de la société contemporaine, la plus récurrente étant la vanité. Imaginerait-on qu'il y a des bonshommes qui font mentionner sur leur caveau qu'ils ont eu la Légion d'honneur ou les Palmes académiques ? Cela ne sert en réalité qu'à une chose : à faire rire une âme du Purgatoire (car je suis de plus en plus convaincu que c'est ce que je suis) condamnée à faire cent fois, mille fois, le tour d'un *campo santo* parisien. Un jour, pour parler comme les vivants, mon stage nécropolitain prendra fin, et je saurai que mes actions sont légèrement en hausse, c'est-à-dire que je m'approche du Paradis.

Une chose ne laisse pas de m'intriguer dans mon nouvel état : je suis devenu d'une incuriosité complète. Moi qui, autrefois, avais envie de tout savoir, au point que cela frisait l'indiscrétion, je me fiche du tiers comme du quart. Par exemple, il y avait dans ma vie une personne dont j'avais la tête constamment occupée : c'était ma femme. A chaque instant, j'avais envie (plus qu'envie : besoin) de connaître l'endroit où elle se trouvait, ce qu'elle faisait, et jusqu'aux pensées qui lui traversaient l'esprit. L'idée que quelque chose d'elle pouvait m'être caché m'angoissait. Bref, je vivais le rêve imbécile d'exiger à mes côtés un être absolument transparent. De la part d'un homme comme moi, plutôt intelligent, réaliste, n'ayant pas l'habitude de demander l'impossible, un tel désir est vraiment étrange. Est-ce l'amour qui me poussait de la sorte à faire la bête ? Aimais-je ma femme à ce point-là ? Je ne crois pas ; ce qui m'animait n'était que l'esprit de possession. J'avais acquis mon épouse par le sacrement du mariage ; par conséquent, elle était à moi comme mon pardessus ou ma montre-bracelet. Je me gardais bien de compléter mon raisonnement, à savoir que Marie-Françoise, elle aussi, m'avait acheté par les liens de la bénédiction nuptiale, et qu'elle avait pareillement le droit de tout connaître de moi. En effet, j'ai eu quelques aventures, quelques amourettes par-ci par-là, que je tenais hermétiquement secrètes et dont j'aurais été très fâché qu'elles fussent ébruitées. D'ailleurs je n'arrivais pas à considérer mes éphémères coucheries comme des marques d'infidélité. Je me disais que ces menues frasques, oubliées dès que commises, auraient provoqué des drames conjugaux sans comparaison avec leur importance.

Le fait d'être mort n'a pas changé mon point de vue sur l'« acte de chair ». J'ai toujours pensé que c'était un péché véniel. Enfin, véniel quand c'est moi qui le commets. En tout cas, il ne conduit pas en Enfer puisque je suis au Purgatoire, où je me rase, certes, mais où je ne suis pas plongé dans une éternité de douleur. Le Purgatoire est une salle d'attente, dans laquelle il n'y aurait pas de magazines pour faire patienter le client.

Cela procure une drôle de sensation, lorsqu'on est un esprit tout nu, pas même un squelette, de se remémorer les bonnes fortunes que l'on a eues du temps qu'on avait deux bras, deux jambes et un appareil génito-urinaire. Cela n'a pas l'air vrai. On n'arrive pas à s'imaginer concret, musclé, chaud, élastique, doué de l'odorat et du toucher. Pourtant c'est ainsi que l'on était, c'est ainsi que j'étais. L'embêtant est que la matière, et spécialement la matière humaine, se fatigue vite. Dès l'âge de quarante-cinq ans, j'ai commencé à percevoir des dissonances dans ma mécanique. Cela a coïncidé avec mes épousailles. Tout à coup, je suis passé de l'état de jeune homme à qui son corps n'apporte que des satisfactions ou des jouissances, à celui de l'homme mûr qui s'aperçoit avec étonnement qu'il n'est pas immortel, qu'il y a en lui deux ou trois endroits imprévus où la mort commence à forer son tunnel.

Marie-Françoise avait vingt-quatre ans de moins que moi. Un tel écart ne me gênait pas. Je n'y voyais que des avantages, le premier étant qu'elle aurait pu être ma fille, ce qui ne laisse pas d'émoustiller les quadragénaires. Elle ne manquait jamais une occasion de me confier qu'elle avait en exécration les garçons du même âge qu'elle, ce que je croyais sur parole. Je n'allais pas jusqu'à prévoir que les godelureaux lui causeraient peut-être moins d'horreur quand elle aurait trente ou quarante ans. Que fait-elle en ce moment ? Comment occupe-t-elle son veuvage ? Voilà des choses qu'il m'amuserait de connaître. M'amuserait, sans plus. C'est extraordinaire de constater, quand on est désincarné, à quel point on est dépourvu de passion. J'en suis, pour ma part, à la fois bien content et attristé. C'était distrayant, la passion. On souffrait, on espérait, on redoutait un tas de choses idiotes, on était triste, on était gai, on sautait de joie quand un projet réussissait. Et les chagrins d'amour ! Etait-ce gentil, les chagrins d'amour ! On était malheureux comme les pierres pendant quinze jours, endolori pendant trois mois et l'on gardait dans le cœur une nostalgie qu'on savourait comme un gâteau ; la politique aussi n'était pas sans charme. Pour en revenir à Marie-Françoise, si j'apprenais soudain qu'elle a un amant avec lequel elle se console de mon cassage de pipe et qu'elle m'a cocufié sans arrêt depuis notre mariage, je m'en ficherais dans les grands prix. Si cela peut la distraire, la pauvre chérie ! Je n'ai même pas envie de connaître la tête de mon remplaçant.

Moi-même, à ce qu'on dirait, je ne m'intéresse plus beaucoup. C'est au point que je dois faire un effort pour me rappeler comment on me désignait dans le monde des vivants. Il me semble que mon prénom était Olivier, mais je n'en jurerais pas. J'irai vérifier sur ma pierre tombale. Même oblitération du nom de famille, à croire que le vent qui souffle dans les allées de mon cimetière est un vent d'oubli. J'ai l'impression qu'un certain nombre de mes souvenirs tombent de moi comme de vieux costumes, peut-être parce que, dans l'état où je suis, ils ne me servent plus à rien.

Il me faut cependant noter la persistance d'une illusion d'autrefois, à savoir que je n'avais aucune mémoire des bonnes actions que j'avais accomplies, mais à peu près uniquement des mauvaises. Il m'est arrivé des centaines de fois, sinon des milliers, d'être patient, prudent, compatissant, généreux, courageux, etc. Tout cela a filé dans le néant ; je n'ai dans mon souvenir que les petites lâchetés, les mesquineries, bassesses, petites mufleries, petits calculs, petites tromperies et autres vilenies. A vue de nez, j'en distingue une trentaine, une quarantaine, pour soixante-cinq ans de vie, ce qui n'est pas beaucoup en soi et ne pèse pas lourd dans ma balance intime du bien et du mal, mais c'est cela qui me revient comme une nausée quand j'examine ma vie d'homme, et non ce dont je pourrais me prévaloir, ne fût-ce qu'à mes propres yeux. Ce minuscule paquet d'ordures ménagères a pris toute la place dans ma conscience. Je ne vois que cela, je cherche en vain quelque chose de bien, de convenable, pour compenser. J'ai beau me dire que les plus illustres bienheureux ont eu comme moi leurs moments de faiblesse, leurs ombres fugitives, cela ne me console pas. Ils étaient habités par une passion qui emportait tout comme un ouragan. Le bon et le mauvais de leur âme étaient pris dans un mouvement furieux qui les jetait au Paradis, aux pieds de Dieu. Moi, je ne suis pris dans aucun mouvement furieux. J'ai un cœur médiocre qui a sécrété des idées et des actes médiocres dont je sens qu'il me faudra répondre. Devrai-je les racheter un par un, comme des traites ou des billets à ordre ? Personne ne me l'a dit mais quelque chose en moi me murmure que je ne me trompe pas.

Encore un sujet d'étonnement, encore un mystère : deux sens sur cinq me sont restés : l'ouïe et la vue. Je ne sens rien, je n'ai plus de goût ni de toucher, mais j'ai toujours des yeux et des oreilles. Cela s'est même amélioré depuis que je suis mort. J'étais myope, la presbytie commençait ; en même temps, je devenais non pas vraiment sourd mais, comme disent les journaux, « mal entendant ». A peine avais-je été mis en bière (ou à peine étais-je sorti de la bière) que j'avais un œil d'aigle et un conduit auditif capable de capter le bruit d'une feuille tombant à cinq cents mètres. C'est un petit point de plus à inscrire dans la colonne « actif » du registre des décès.

Quoique je sois à l'autre bout du cimetière, en contemplation devant le caveau de la famille Regratton qui a l'air du couvercle de quelque boîte de sardines géantes et où l'on apprend que M. Regratton (Robert) était ingénieur des Arts et Métiers, j'entends des bruits de voix chez moi. Quelqu'un viendrait-il me dire bonjour ? J'ai hâte de savoir qui c'est. Comme on peut constater, la curiosité et l'impatience n'ont pas complètement disparu de mon caractère. Mais je prévois qu'elles ne subsisteront pas très longtemps attendu qu'elles n'ont à combattre aucun obstacle. Tout se passe comme si j'avais le don d'ubiquité. Dès que j'ai l'envie d'être quelque part, j'y suis instantanément. Dès que je veux voir ou entendre quelque chose, je le vois et je l'entends. Dans combien de temps (je parle de temps par une vieille habitude des façons de parler terrestres), après combien d'expériences cesserai-je de vouloir connaître quelque chose, me ficherai-je de tout ? Il est inévitable que cela vienne. On a beau être mort, on n'en est pas moins homme, c'est-à-dire une créature changeante, qui s'ennuie facilement, à qui il faut sans cesse des divertissements. Je ne fais pas exception. Etre un pur esprit, tout voir, tout entendre, jouer dans la réalité le rôle d'Asmodée le diable boiteux, ne rencontrer aucune limite à l'indiscrétion, m'amuse parce que c'est nouveau et aussi parce qu'il est très piquant de voir l'envers des gens ainsi que la vérité qui, n'étant pas épiée, se montre dans toute son obscénité. Après que j'aurai fini d'être prisonnier du cimetière et que j'aurai le droit de me promener en ville, je ne me donne pas trois semaines (encore cette vieille façon de parler !) pour en avoir ras-le-bol des petits mystères humains qui ne doivent pas être plus d'une douzaine en tout et qui sont identiques de génération en génération.

Mon oreille ne me trompe pas : on a parlé au-dessus de ma tombe. Je reconnais cette jolie voix claire, rapide, qui m'a ensorcelé quand je l'ai entendue pour la première fois, et qui ensuite, pendant vingt ans, a résonné à mes oreilles comme la musique même de la vie. C'est Marie-Françoise. Elle est là avec son amie Stéphanie et le mari de celle-ci, Raymond, dit Monmon, lequel est bien aimable d'être venu ici se geler les arpions. Moi, je n'aurais pas eu cette douce attention si le cher Monmon avait calanché.

Il en est des sépultures comme des autres endroits où l'on se rend par devoir et en compagnie : on y redit inlassablement les mêmes lieux communs. Marie-Françoise a reniflé deux fois, s'est tamponné les yeux dans son mouchoir que je suppose parfumé et Stéphanie a déclaré d'un ton pénétré :

— Olivier n'est pas ici. Il est près de toi. Il ne t'a pas quittée.

— Tu crois ? a dit Marie-Françoise.

— C'est l'évidence même, s'est écrié Monmon. Il veille sur toi, il te protège.

L'idée que Marie-Françoise avait un amant et ne dût pas être trop contente à la perspective que je ne la lâcherais pas d'un centimètre, m'a effleuré pendant ce remarquable échange de propos funéraires et m'aurait fait rire si j'avais conservé mes zygomatiques. J'avais envie de rire, aussi, en pensant à la tête de ces bonnes gens si on leur avait révélé que je n'étais pas sous leurs pieds mais à côté d'eux, et que, par quelque mystérieux décret, c'est justement au cimetière que je me trouvais, à l'exclusion de tout autre lieu. La vérité de la vie, la vérité de la mort ne sont pas faites pour les vivants. Dès qu'on sait quelque chose de science certaine, on ne peut plus tricher, on ne peut plus se mentir à soi-même. Imaginons que Marie-Françoise, Stéphanie et Monmon aient soudain la révélation que je suis une espèce de prisonnier avec lequel on ne peut s'entretenir qu'au parloir de la maison d'arrêt. Raconterait-on à un condamné qu'il n'est pas à Fresnes ou à la centrale de Melun mais qu'il va et vient dans les hautes sphères du pouvoir, qu'il prie le ministre des Finances de diminuer les impôts de sa veuve, lequel ministre, si l'on insiste poliment, finit par accorder un dégrèvement ? Non. On va voir le malheureux dans sa prison, on lui apporte un gâteau, du saucisson, des mandarines. On lui apporte surtout de l'amitié ou de l'amour, de la fidélité, de la constance, de la confiance. Moi qui n'ai plus de désirs, de plaisirs ni de chagrins, j'avoue que je serais agréablement chatouillé si j'avais un peu plus de visiteurs que je n'en ai. J'aimerais que Marie-Françoise vînt deux ou trois fois par semaine se tamponner les yeux avec son mouchoir parfumé, au-dessus de ma boîte en sapin. Je trouverais cela gentil de sa part, je dirai presque *convenable*. Bien entendu, je ne lui demande pas de faire cela jusqu'à la fin des temps, mais pendant deux mois, trois mois, après quoi on espacerait. Pour aller au fond de ma pensée, je ne serais nullement vexé ni offensé si Marie-Françoise « refaisait sa vie », c'est-à-dire qu'elle rencontrât un monsieur dans la cinquantaine, « bien sous tous rapports », décoré, délicat, assez intelligent (mais pas trop : je serais ennuyé que ma veuve fît des comparaisons à mon détriment).

Quelle drôle d'expression que « refaire sa vie » quand on l'analyse. Est-ce que j'aimerais refaire ma vie, moi qui suis mort et enterré ? Je n'en suis pas sûr. Une vie n'est pas une ardoise sur laquelle on écrit quelque chose que l'on efface pour inscrire autre chose. Souvent, du temps que j'étais vivant, je regrettais telle décision que j'avais prise parce que je possédais un certain caractère et non un autre, je pestais contre moi-même, je me disais : « Si c'était à refaire... », etc. A présent, je ne me dis rien de ce genre. Quoique personne ne m'en ait instruit, je sais que rien ne recommencera jamais, parce que nous sommes perpétuellement en état de métamorphose. Je ne sais plus très bien depuis combien de temps je suis mort, mais je suis certain d'une chose, c'est que je commence à m'habituer à mon nouveau statut et que, si j'ai eu aussitôt après mon trépas quelques regrets de ce que je quittais et quelques appréhensions de ce vers quoi j'allais, c'est bien fini. On me proposerait de revenir sur terre pour être Napoléon, Mozart, Léonard de Vinci, Louis XIV, Virgile, je crois que je refuserais. Quoique je sois bouclé dans le Purgatoire, je trouve qu'aucune gloire humaine, aucun génie humain ne sauraient se comparer à l'éternité. C'est plus qu'une différence d'état, c'est une différence de nature, comme si tout à coup, à la seconde où j'ai rendu le dernier soupir, j'avais été anobli, promu Chevalier de l'Eternité, alors que les vivants, y compris Jules César, ne sont que des piétons de l'éphémère. Même pas les piétons : les culs-de-jatte. Le Chevalier de l'Eternité, ne fût-il qu'une des petites âmes ordinaires qui s'embêtent dans le salon d'attente du Paradis, n'a mal qu'à sa conscience, chose très supportable quand on est un individu léger, n'ayant rien de vraiment moche à se reprocher, ce qui, après tout, est mon cas.

Comme je n'ai plus aucune notion du temps qui passe, sinon en observant la modification des objets matériels et des paysages, je ne saurais dire à quel moment de mon éternité j'ai fait la connaissance d'Hadamas. Dans mon univers de sarcophages bourgeois, il m'est apparu comme une espèce d'ange, et devant cette apparition inattendue, j'ai éprouvé la joie de Robinson Crusoé accueillant Vendredi. Je n'étais plus seul. Voilà que le Ciel m'envoyait un compagnon pour me faire la causette. Merci, mon Dieu, merci, Seigneur !

La causette entre deux esprits est une chose impossible à décrire et probablement incompréhensible pour un homme vivant. Cela n'a rien à voir avec un échange de propos. Je comparerais cela à un travail de menuiserie consistant, par exemple, à ajuster deux pièces de bois ensemble. En même temps, tout se passe comme s'il y avait un dialogue fait de questions et de réponses, des silences, des réticences, des discrétions, des mensonges. Je sentais tout cela dans mon interlocuteur. Il était très gentil, très compatissant, néanmoins je ne sais quoi en lui ne me plaisait pas entièrement. « Question de peau », si j'ose employer une telle expression. Mais la joie de n'être plus seul dans le cimetière, de contempler enfin quelque chose d'autre que la tête de circonstance des visiteurs, d'avoir un compagnon d'infortune, peut-être un complice, l'emporta. Son nom d'Hadamas me frappa par sa consonance biblique.

— Sors-tu de l'Ancien Testament ? lui demandai-je.

Il sourit. Comment vis-je ce sourire ? Je ne le vis pas. Il m'effleura comme un zéphyr, il me caressa avec une légère insistance, que je perçus aussi, et eussions-nous été tous deux autre chose que des vapeurs, un soupçon de tendresse érotique.

— Es-tu un homme ou une femme ? dis-je.

— Va savoir ! répliqua-t-il. Et d'ailleurs, dans notre condition, qu'est-ce que cela changerait ?

— Je ne sais pas, repris-je. J'aimerais bien que tu sois une femme. Je me sentirais plus à l'aise, plus complice avec toi.

— Il n'y a pas de sexe chez les natures invisibles, déclara Hadamas. Si cela peut te faire plaisir, je ne t'empêche pas de penser que j'ai été une femme.

Encore un sourire, mais plutôt contraint, celui-là. C'est tout ce que je pus tirer de lui. Au fond, j'ai su tout de suite ce qui m'a retenu de me jeter dans ses bras en poussant des cris de joie dès qu'il m'eut apparu : c'est que j'avais deviné en lui, malgré ses sourires, une nature sombre. La mélancolie n'est pas sans charme, je l'accorde, mais on s'en lasse vite, spécialement quand on a, comme moi, l'esprit tourné à la plaisanterie. Je serais bien en peine de décrire le genre de tristesse dont était affecté Hadamas, mais je la sentais irradier de son être invisible, recouvrir le paysage, s'étendre sur les tombes. C'était à la fois une couleur et une odeur. Oui, une odeur, que je perçus malgré mon absence d'odorat. Un parfum ni désagréable ni plaisant, seulement étrange. En tout cas, nouveau pour moi. Je me demandai si c'était là l'odeur spécifique des âmes et si je dégageais le même fumet. J'en eusse été contrarié comme d'une faute de goût ou une infirmité.

Quoi qu'il pût en être d'Hadamas, sa présence, soudain, à côté de moi, m'a fait un effet comparable à celui de la vitamine C que l'on me prescrivait sur terre quand je me sentais un peu fatigué, afin, disait-on, de me donner « du tonus » ou de me « doper ». Le cher Hadamas, en dépit de ses émanations douceätres, était un tube de vitamines métaphysiques inespéré. Par lui, peut-être allais-je apprendre quelque chose sur ma condition, quelque chose aussi sur mon avenir, si tant est que le mot avenir ait un sens dans l'éternité.

L'inconvénient est que mon nouveau camarade ne répondait jamais rien de précis à mes demandes. Il me sembla même, par-ci par-là, qu'il fuyait les interrogations trop directes. Par exemple, lui demandais-je s'il y avait longtemps qu'il était mort, il me disait qu'il avait oublié, mais que cela faisait sûrement « un bail ».

— Es-tu là depuis vingt ans ou depuis cinq siècles ? insistais-je.

— Qu'est-ce que cela veut dire, vingt ans, cinq siècles ?

Et ainsi de suite.

Moi : — Figure-toi que je suis assez content d'être clamecé. Et toi ?

Lui : — Tu sais, être ici ou là...

Moi : — Tu conviendras quand même que c'est une grande amélioration de ne plus traîner cette machine fragile qu'est un corps, qui vous apporte dix pour cent de plaisir pour quatre-vingt-dix pour cent d'embêtements.

Lui : — Des embêtements, on en a toujours.

Tout cela avec des sourires souffreteux, des airs penchés, de brèves échappées sur son âme désolée au point que j'avais envie de lui prodiguer des encouragements, de lui dire que dans le monde visible et le monde invisible, rien n'était vraiment grave, rien ne méritait de se mettre la tête à l'envers. Mais eût-il goûté ce genre de réconfort ? A certaines de mes répliques, il me semblait que la tristesse sortait de lui avec plus de force, comme une transpiration subite. J'en étais dégoûté. La tristesse et ses manifestations ont toujours eu à mes yeux quelque chose d'obscène. C'est bien ma veine, pensais-je, que le seul interlocuteur que l'on m'ait envoyé dans le Purgatoire pour égayer ma solitude soit quelqu'un d'un tempérament si contraire au mien ! Après un seul entretien, j'en étais à me demander comment j'allais m'y prendre pour esquiver la présence d'Hadamas. Etant deux esprits dans la même enceinte, il était inévitable que nous eussions de fréquentes rencontres, si ce n'est (oh là là !) que nous devinssions carrément inséparables.

Où sont passés les morts depuis la création

du monde ? méditais-je assis sur ma tombe. Il doit y avoir des milliards d'âmes. Entreposées dans quels greniers ? Resserviront-elles plusieurs fois chacune, comme le prétend la métempsycose ? Parmi toutes ces âmes en réserve ou en bocal, n'était-il pas possible de trouver une autre marchandise que le sieur Hadamas ? Mais rien, sans doute, n'est laissé au hasard, après les hasards de la vie. La présence auprès de moi de ce marmiteux personnage fait partie de mon expiation. Il serait temps que je prisse conscience que je ne suis pas enfermé ici pour m'amuser. Je rembourse (je ne sais pas bien à qui, à moi-même peut-être ?) les trente ou quarante bêtises de mon existence terrestre. A vue de nez (à condition d'avoir un nez), ce n'est pas cher payé. En soixante-cinq ans, j'ai connu des quantités de raseurs qui ne vous annonçaient que des catastrophes et passaient leur vie à s'apitoyer sur eux-mêmes. En général, j'arrivais assez facilement à neutraliser ces faces de carême par ma bonne humeur. Je ne dis pas qu'ils me quittaient en chantant et en pouffant de rire, mais je voyais bien que je les avais tirés des ténèbres pour le restant de la journée. Rien de tel avec Hadamas. C'est plutôt le contraire qui s'était produit. Il m'avait imprégné de sa tristesse, comme un bonhomme enchifrené qui nous refile son rhume. A peine l'a-t-on quitté qu'on commence à se moucher. Heureusement que, par-delà les brumes de la mort, j'ai gardé l'esprit assez vif. En frottant ce qui avait été autrefois mes fesses sur ma pierre tombale, je me mis à penser avec la concentration que je mettais parfois de mon vivant dans cet exercice, c'est-à-dire que je tâchai de traiter logiquement une situation irrationnelle. Me voilà marié avec Hadamas, me disais-je. Qui sera le maître dans ce couple bouffon ? Il faut que ce soit moi car il est de plus en plus patent que le sieur Hadamas m'est envoyé comme une épreuve à surmonter dans mon long cheminement (ou mon long piétinement) à travers les avenues du cimetière. Quelle allure cela aurait, quand même, si j'arrivais devant la grande porte du Ciel en compagnie d'Hadamas faisant des sourires gênés et reconnaissant son échec. Il faudra que je lui demande, quand il reviendra, ce qui le ronge (ou ce par quoi il feint d'être rongé). La perspective d'attendre le séjour des bienheureux n'a rien de sinistre, au contraire ;

et le Purgatoire qui en est le vestibule devrait résonner partout de chansons. C'est le lieu de l'optimisme par excellence.

Je ne regrette pas le temps. Je suis très content d'être débarrassé de la tyrannie des minutes qui emprisonne la vie des hommes depuis la préhistoire. Un des aspects charmants de l'éternité est que, sur ce plan-là, on est tout à fait libre. Vivant, on était boudiné dans le temps comme dans un costume trop étroit (quand on n'avait pas l'impression de flotter dans un vêtement trop large). Bref, jamais (ou rarement) on n'avait la satisfaction d'être habillé sur mesure. Il y avait quand même un domaine où le temps avait une qualité essentielle : la littérature. A l'époque où je lisais des livres, j'admirais tel romancier d'avoir su montrer la durée des sentiments ou des êtres, tel autre d'avoir bien rendu le vieillissement du monde, l'usure des choses. A certains moments de ma vie terrestre, j'ai tenu un journal intime, dans lequel je consignais des pensées, des racontars, des anecdotes et où je reproduisais des conversations. Soit dit en passant, je me repens de ne pas avoir détruit les neuf carnets renfermant mes idées géniales et les relations de mes rencontres historiques. Je m'aperçois maintenant qu'ils ne contiennent pas le meilleur de moi, mais surtout reflètent ma vanité, y compris la vanité de l'écrivain amateur qui se prend pour Jules Renard. Pourvu qu'un héritier zélé ne se mette pas en tête de publier ce fatras ! Le journal intime avait toutefois une commodité, à savoir qu'il était, comme son nom l'indique, un *journal*, c'est-à-dire qu'il était découpé en petites tranches de temps et que cela permettait de se repérer dans la bouillie des jours. Depuis que je suis mort, je n'ai de repère pour rien, et quelquefois, cela m'embarrasse. Par exemple, en me racontant à moi-même mes tribulations, j'aimerais pouvoir dire « Jeudi, à cinq heures, j'ai vu Hadamas près du caveau de la famille Gouin-Laborde, qui se recommande par un cippe, ce qui n'est pas fréquent et confère à cette tribu du XXe siècle une vague parenté avec les Romains de l'Antiquité ».

Donc Hadamas était là. Impossible de savoir quand nous nous étions parlé pour la dernière fois. En termes humains, je dirais trois semaines, mais cela pourrait tout aussi bien être trois ans ou trois secondes. Enfin il était là et nous nous dîmes bonjour, comme on se dit bonjour entre esprits, par une espèce de contact fugace et abstrait (qu'est-ce qu'un « contact abstrait » ? Zut ! Impossible à expliquer. C'est ce que j'ai ressenti, voilà !). Il avait toujours son sourire malheureux, dont je subis la curieuse séduction pendant un court moment jusqu'à ce qu'un mouvement de révolte me réveillât. Ce fut en effet une sorte de réveil. Le sourire était très pénétrant. Il s'insinuait en moi comme un songe à la fois captivant et désespérant, un demi-cauchemar dans un demi-sommeil. Ce qui m'alerta, c'est non pas tant que le rêve distillait en moi de la tristesse, mais que je me prenais à aimer cette tristesse. Je l'accueillais avec un certain empressement. Pour un peu, j'allais m'abandonner à son sortilège. Je suivais quasiment son trajet en moi, comme un homme qui a été mordu par un aspic, qui sent le venin circulant dans ses veines et qui pense que si l'on ne fait rien, il sera trépassé dans les cinq minutes. Quel est l'antidote à la tristesse ? Je ne m'étais jamais posé cette question auparavant, ni de mon vivant, ni depuis ma mort. La gaieté, la joie ? Non, c'était trop évident, c'eût été trop simple. La gaieté est une affaire de tempérament : n'est pas gai qui veut ; quant à la joie, elle descend du ciel, comme la grâce. Il fallait trouver quelque chose d'inattendu, de déconcertant, et le trouver vite. L'ironie, peut-être ? L'humour ? Mais cela n'eût pas suffi : il fallait ajouter quelque chose de complètement saugrenu, quelque chose qui n'avait encore jamais servi pour la guérison des morsures de serpent.

— « Je suis le ténébreux, le veuf, l'inconsolé... », déclamai-je avec un gloussement protecteur, comme si j'attribuais par moquerie ces qualités à mon interlocuteur.

Hadamas en fut déconcerté, je dirai presque désarçonné. Il recula comme un vampire à qui l'on a fait respirer une gousse d'ail. Du coup, toute sa tristesse sembla s'envoler et, par le même mouvement, chez moi s'amenuisa la bizarre sympathie que ce personnage m'inspirait, au point de partager ses humeurs. Il devint attentif, presque inquiet, comme si j'avais prononcé une incantation.

— D'où sors-tu ce que tu viens de me dire ? interrogea-t-il avec une certaine anxiété. Me conjures-tu ? Essayes-tu de m'abolir ?

Le conjurer, l'abolir... En voilà des grands mots, en voilà du charabia ! C'était mon tour d'être ébahi. Cela ne m'empêcha pas de constater qu'Hadamas ne connaissait décidément rien à l'humour, qu'il ne voyait pas ce qui est caché derrière les mots. Au fond, c'était un personnage simple, en dépit de la faculté incompréhensible dont il était investi de tout enténébrer par sa seule présence. Il ne saisissait que ce qui était expressément dit. Lui qui avait une personnalité pleine d'ombres, de réticences, de demi-secrets, qui ne pouvait exprimer simplement une idée ou un sentiment, qui avait toujours l'air de vouloir vous emmener dans des régions inconnues, il était incapable d'imaginer qu'on pouvait lui rendre la pareille, avec d'autres armes que les siennes, et le battre sur son propre terrain. Il ne m'avait pas échappé, dès le début de nos relations, qu'Hadamas était un fieffé menteur, et qu'il avait la faiblesse des menteurs, à savoir la crédulité ou l'aveuglement. Il ne pouvait concevoir que quelqu'un lui racontât des craques. Comme on disait lorsque j'étais sur terre : « Il prenait tout au premier degré. »

— Tu n'es pas très fort sur la poésie, lui dis-je avec une inflexion de supériorité très étudiée. En fait de conjuration ou d'abolition, je me suis borné à te citer un vers archicélèbre de Nerval. N'importe quel écolier de troisième s'en serait aperçu. As-tu seulement entendu parler du pauvre Nerval qui s'est pendu à Paris ?

— Son nom ne figure pas dans l'annuaire officiel des suicidés, dit Hadamas d'un ton mutin, pour me montrer peut-être qu'il n'était pas aussi bête que je le croyais.

Quel curieux pouvoir que celui de la poésie ! Je ne sais pourquoi l'âme de Nerval me sembla soudain descendue du ciel pour se percher sur mon épaule, à la façon d'un oiseau. Un instant seulement : c'est à peine si cette âme poétique m'effleura. Mais j'en fus tout réchauffé, si je puis dire, sensation curieuse pour quelqu'un qui s'est habitué à l'absence de température. Evidemment, je ne voyais rien d'Hadamas : toutefois, par un phénomène que les cuistres d'aujourd'hui qualifieraient de « paranormal », je distinguais (ou je devinais) derrière son invisibilité une espèce de désarroi et comme le besoin d'aller mettre de l'ordre dans ses idées. Soudain, mon camarade de Purgatoire ne fut plus là. C'était assez dans sa manière, avais-je remarqué, de filer tout à coup, sans un mot de congé. D'ailleurs, ces départs imprévus n'étaient pas complètement le fait d'un caractère impatient. D'ordinaire, les gens qu'il quittait ainsi le rappelaient, ne fût-ce que pour lui dire « au revoir », et il revenait complaisamment, non sans souligner que c'était là pure amitié de sa part. Je me gardai bien de tomber dans ce panneau et je le laissai disparaître sans ouvrir le bec. Je suis sûr qu'il en éprouva du dépit.

C'est alors que se produisit un événement que j'avais cessé d'espérer, sinon dans quelques siècles : à une certaine dilatation de mon être impalpable, j'eus l'intuition que, sans m'en apercevoir, j'avais franchi une étape importante dans ma vie posthume. A ce moment, je me trouvais près du mur d'enceinte du cimetière, entre les tombes des familles Hollebecque et Moutonnet dont le moins qu'on puisse dire est qu'elles ne tranchent pas sur la laideur du paysage. L'envie me prit de passer de l'autre côté du mur. A ma grande stupeur, je m'y trouvai aussitôt. Conçoit-on ce que cela implique ? Je n'étais plus prisonnier ! Tout au moins m'accordait-on une permission de sortie. Pour me récompenser de quoi ? Ah ! ma foi, j'y penserai quand la perm' sera terminée et que j'aurai réintégré la caserne. L'un des avantages (purement anecdotique) de cette promenade est que j'observerai la façon dont Paris s'est modifié et à quel point les gens que je connaissais ont vieilli. Ainsi aurai-je une évaluation approximative en temps humain de la durée de mon séjour au Purgatoire, chose dont, jusqu'à maintenant, je n'ai pas la moindre idée. A première vue, Paris était le même que lorsque je l'avais quitté. Les rues étaient aux mêmes endroits, les passants toujours aussi renfrognés, les bagnoles coincées dans les mêmes embouteillages que le jour de ma mort, quand l'ambulance qui me transportait tâchait de se frayer un chemin jusqu'à l'hôpital. J'eus une fugitive nostalgie de la tranquillité, de la paix du cimetière. Je m'y barbais, certes, mais quelle douceur ! Là, au moins, l'immonde Progrès n'avait pas pénétré, avec son cortège de laideurs et de puanteurs. J'avais assez envie de faire un tour au Louvre pour me nettoyer le souvenir des productions des marbriers en contemplant de la bonne peinture. Mais une autre curiosité l'emporta : celle d'aller chez moi, dans l'appartement où j'avais vécu vingt ans avec Marie-Françoise. Y habitait-elle encore ? Avait-on changé le mobilier et la décoration ? Je conviens que c'était là une très futile titillation, car après tout qu'est-ce que cela pouvait me fiche que Marie-Françoise vécût avenue Matignon ou rue de Picpus ! J'eus tout à coup le désir de revoir mes meubles, mes tableaux, mes livres, de me replonger dans le décor d'un tiers de ma vie. Qu'espérais-je de cette confrontation saugrenue entre un fauteuil Louis XV et un permissionnaire invisible, à supposer qu'elle se réalisât ? Or, elle se réalisa. Marie-Françoise n'avait pas déménagé. Toutefois le salon (ou salle de séjour en langage moderne) où ma voltige dans les airs m'avait fait atterrir avait été frappé d'immobilité, comme s'il eût été figé le jour où je suis mort. C'était autrefois une pièce accueillante où régnait l'agréable désordre des lieux où l'on aime à se tenir. L'abandon en avait fait une salle de musée miteux où tout était embaumé ou empaillé. Après un coup d'œil, on n'avait qu'une envie : fuir cet hypogée. Les cimetières, je ne connais cela que trop.

On entendait un bruit de voix dans la chambre à coucher. La voix de femme était celle de Marie-Françoise, il n'y avait pas à s'y tromper. Je reconnaissais son ton montant et descendant, les roucoulements qu'elle avait lorsqu'elle était contente ou se sentait exceptionnellement en confiance. Pour ce qui est de la voix d'homme qui lui donnait la réplique, elle ne m'était pas inconnue mais je n'arrivais pas à l'identifier. Il était tout simple d'aller dans la chambre. Un désir de ma part et je m'y trouverais instantanément. L'homme était nu, de dos, m'offrant le spectacle de deux fesses qui n'étaient plus de la première fraîcheur, à ce qu'il me sembla. L'homme se retourna ; ô mânes de Flaubert ! Et Olivier, béant, reconnut Monmon !

Ainsi, l'excellent Monmon, après que j'ai eu

débarrassé le plancher, n'avait rien trouvé de mieux que de plaquer Stéphanie et de se mettre en ménage avec ma veuve ! En combien de temps ce nouvel arrangement s'était-il mis en place ? Quatre ans ? Cinq ans ? Je trouvai que Monmon, depuis notre dernière rencontre, avait pris un notable coup de vieux. Je sais bien qu'on est toujours déçu (ou dépité) lorsqu'on voit le successeur que vous a donné une femme dont on a été aimé, qu'on ne peut s'empêcher de penser qu'elle a eu soudain bien mauvais goût et qu'elle aurait pu choisir quelque chose de mieux, mais Monmon ! Le voler à Stéphanie, l'épouser peut-être, c'était plus qu'une faute de convenance, c'était un manque d'imagination. Je me rappelai que Marie-Françoise, lorsque nous étions mariés, chérissait les lieux communs, les évidences, voire les proverbes, et qu'elle trouvait toujours le moyen d'en glisser dans ses propos, comme si elle s'appuyait sur la rambarde d'un pont. J'en étais parfois agacé, mais comme je l'aimais, je me forçais à ne voir dans ces niaiseries que l'expression de son bon sens naturel. Les conversations, le soir, quand ils n'allaient pas au cinéma ou dîner en ville, devaient être un joli catalogue d'idées reçues car

Monmon n'avait pas plus que ma femme l'esprit tourné à l'originalité. Pour lui, il n'y avait jamais de fumée sans feu ni de médaille qui n'ait son revers.

— Où as-tu mis les billets d'avion pour Venise, chéri ? dit Marie-Françoise.

Elle portait pour toute tenue ce qu'on appelait dans ma jeunesse une « nuisette », c'est-à-dire une chemise à manches courtes qui ne couvrait pas grand-chose de sa personne. Elle était toujours charmante, vive, remuante, mais elle aussi, la pauvre mignonne, le temps avait marché sur elle. Malgré le travail des instituts de beauté, cela se marquait par une augmentation du volume de la croupe, une lourdeur dans les cuisses et un creux fragile à la nuque. Quant aux cheveux, ils avaient changé de couleur ; de châtains qu'ils étaient, ils avaient tourné au blond. Cette soudaine blondeur des femmes lorsqu'elles atteignent la cinquantaine est précisément l'aveu de ce qu'elles tentent de masquer : c'est comme si elles se promenaient en agitant leur extrait de naissance.

Une conversation parfaitement futile et insipide, ayant trait à Venise, aux billets d'avion, aux bagages, à la « réservation » d'une chambre à l'hôtel Gritti (peste, le Gritti ! Je n'imaginais pas que Monmon fût un si beau parti !), s'engagea. Une voix, ou plus exactement un autre organe que je ne percevais pas de la même façon que les deux autres, s'insinua dans mon invisibilité. Je reconnus aussitôt Hadamas. Il avait retrouvé dans toute leur perfection les accents plaintifs qui me le rendaient parfois si ennuyeux dans les allées du cimetière. Que faisait-il ici ? Je le lui demandai.

— Il faudra être à seize heures trente au plus tard à Roissy, dit Marie-Françoise. As-tu commandé une voiture ?

— J'ai pensé que tu avais besoin de moi, émit Hadamas avec tendresse. Alors je suis venu. C'est un moment pénible que tu passes. La présence d'un ami n'est pas de trop. Du moins c'est ce que j'ai pensé, mon pauvre vieux.

Ce « pauvre vieux » m'exaspéra. Si j'avais eu une main droite, j'aurais giflé Hadamas, à la fois pour lui témoigner ma mauvaise humeur et pour lui apprendre à ne plus me coller. J'ai toujours eu horreur de l'indiscrétion. Avec cet animal, j'étais servi : il était toujours là où il ne fallait pas et quand il ne fallait pas. Faute de gifle, j'expliquai à mon casse-pied que je ne passais nullement un moment pénible, et que ma veuve pouvait bien coucher avec la terre entière, cela me laisserait d'une indifférence pyramidale.

— Tu devrais connaître cela aussi bien que moi, dis-je. Au moins le comprendre. N'as-tu pas été vivant comme je l'ai été ? Tu te fais de la vie, des sentiments, un tableau complètement faux et convenu. Tu me sers des clichés indignes d'une vendeuse de parfumerie.

J'espérais, en étant un peu rude sinon blessant, que je le vexerais. Tout au contraire, il prit un air humble et contrit qui me désarma. Au fond, c'était un bon type, à qui l'on ne pouvait reprocher que d'être crampon. Je m'en voulus d'avoir été plusieurs fois irrité par la tristesse qui émanait de sa personne. « C'est sûrement quelqu'un qui a beaucoup souffert sur terre, me pris-je à penser, et qui en a conservé une certaine teinte de l'âme. Ce n'est pas une raison, parce que cette teinte ne me plaît pas, pour que je doive éloigner de moi un brave garçon qui ne me veut que du bien.

Cela n'est pas charitable. » Suivait-il mon raisonnement à mesure qu'il se formait en moi ? Je distinguai autour de lui un halo de plaisir et de gratitude.

— Tu m'as compris, dit-il. Rien maintenant ne nous empêche d'être des amis intimes.

Le fait d'être mort ne m'a pas changé le caractère. A peine Hadamas m'eut-il fait sa déclaration d'amour que je regrettai de l'avoir provoquée par mes attendrissements rétrospectifs. Pourtant, je ne connais que trop les raseurs ! J'ai été leur victime pendant toute ma vie. Vous leur donnez le doigt, ils en profitent pour vous dévorer le bras tout entier. Au moindre signe d'encouragement, ils s'attachent à vous comme le lierre sur un arbre, après quoi, c'est le diable pour s'en débarrasser. M'en aura-t-il joué, des tours, mon bon cœur ! Et cela continue après mon décès ! Je tâchai de rattraper mon imprudence en expliquant à Hadamas que de vrais amis ne se font pas de cachotterie et que je ne savais rien de lui. Hélas ! Il y a certaines circonstances où les gaffes semblent sortir à la queue leu leu. Hadamas n'allait pas laisser passer une aussi belle occasion de me raconter ses infortunes. Il me le déclara avec une gourmandise qui me donna le frisson. Concomitamment, Marie-Françoise et Monmon poursuivaient une indigente conversation de personnes s'apprêtant à prendre des vacances.

— Cette virée à Venise va nous changer les idées, disait Marie-Françoise du ton sérieux qu'elle prend lorsqu'elle a le sentiment d'exprimer les réalités de la vie ou de commenter la marche du monde.

Jadis, de mon vivant, j'avais fait la réflexion que ma femme éprouvait le besoin de changer d'idées périodiquement, comme on change de draps ; c'était d'autant plus cocasse qu'elle n'avait d'idée sur rien, la chère enfant, et que « se changer les idées » devait signifier pour elle se débarrasser de quelques lieux communs usés et les remplacer par quelques lieux communs plus neufs – ou par la viduité de la cervelle.

— Tu as raison, répliqua Monmon qui s'était habillé et de ce fait paraissait quelques années de moins que tout à l'heure.

Le nudisme ne sied pas aux couples romanesques. Marie-Françoise, elle aussi, avait changé de tenue : elle portait un tailleur en cachemire beige que je ne connaissais pas, et un lourd collier d'or que je ne connaissais pas davantage. Elle faisait un peu « dadame » comme on disait naguère, mais très élégante, très juvénile encore. Le tailleur provenait assurément de la boutique de Chanel. Décidément le cher Monmon faisait bien les choses. Mieux que moi, sans doute, selon les critères de la vie parisienne.

— Il faut se changer les idées de temps en temps, poursuivit-il. Autrement, on finit par tourner en rond. Moi, par exemple...

— Moi aussi, dit ma veuve.

— Tu vois ! dit Monmon. J'ai bien fait d'insister... On sera plus dépaysé à Venise qu'à Quiberon. Cela nous fera du bien.

— A Quiberon, quand même, il y a la thalassothérapie.

— Je connais des choses que tu ne connais peut-être pas, me dit Hadamas, parlant à ma personne immatérielle comme si nous avions été seuls, lui et moi, dans la chambre, comme si c'eût été nous deux les êtres réels, et les vivants des ectoplasmes.

A ces paroles, j'eus une sensation remontant du fond des âges, c'est-à-dire de l'époque où je respirais et marchais sur la terre ; une chape d'ennui tomba sur ce qui avait été mes épaules. Comment faire savoir à Hadamas que le récit de sa vie m'assommait d'avance, que je n'avais pas le moindre désir d'entendre le détail des lamentables tribulations qui avaient fait de lui l'hypocondre qu'on m'avait donné pour meubler mon Purgatoire.

La survie de la politesse par-delà la mort est un phénomène psychologique qui mériterait une thèse, si l'on faisait des thèses dans l'Au-delà. J'avais été si bien élevé par mes bons parents. (Tiens, où sont-ils donc, ceux-là ? Je comptais sur leur présence à mon dernier soupir pour m'accueillir, et il n'y avait pas un chat : j'ai débarqué dans l'éternité comme un voyageur qui s'est trompé de train et qui se retrouve dans une gare inconnue...) J'avais été si bien élevé par mes parents, dis-je, que l'amabilité, la civilité, la délicatesse, l'altruisme, la litote et les sous-entendus s'étaient pour ainsi dire incorporés à mon caractère. Dès l'âge de dix-huit ou vingt ans, il m'était impossible de dire crûment à quelqu'un qui m'assommait le mal que je pensais de sa personne ou de ses actions et, par suite, l'écarter définitivement. Ainsi ai-je traîné derrière moi toute ma vie des gens qui ne me plaisaient pas, pour la simple raison qu'il m'eût semblé malséant de le leur signifier avec netteté. N'étais-je pas en train de commettre la même bêtise avec Hadamas ? J'avais été avec lui aussi direct que je pouvais l'être mais sans froideur, sans hostilité. Il l'avait bien senti. Derrière mes ronchonnades, il avait identifié ma bonhomie et peut-être une nuance d'amitié. Il n'en faut pas plus aux écornifleurs dans son genre pour qu'ils se donnent à vous. Je me jurai de faire un effort, de me violenter pour combattre cette funeste urbanité. Je n'allais pas la laisser me ligoter dans ce monde-ci comme elle l'avait fait dans l'autre. Quoique cela me coûtât, je rétorquai assez sèchement à Hadamas que nous avions beau être des amis inséparables, voire des amis métaphysiques, il n'était pas d'amitié si étroite qu'elle ne se tempérât par-ci par-là de quelque solitude. Moi, en tout cas, dis-je, j'étais ainsi. J'avais besoin quelquefois de me sentir libre de mes mouvements et de ma pensée, de ne rien voir ni sentir autour de moi, etc.

— Comme je te comprends, dit Hadamas

avec une intonation douloureuse. Je ne veux surtout pas t'importuner.

— Les travellers chèques ! Où sont les travellers chèques ? s'écria Marie-Françoise avec un accent aussi déchirant à sa manière que celui d'Hadamas. Impossible de mettre la main dessus.

— C'est toi-même qui les as rangés dans ton sac, dit Monmon avec un soupir.

Ce soupir, dans lequel il y avait de la lassitude, de la résignation et une pointe d'irritation, me causa, je l'avoue, un plaisir peu compatible avec mon état de pur esprit. Je songeai qu'en somme, j'étais mort au bon moment, tout au moins en ce qui concerne le bonheur conjugal. Il n'était pas surprenant que j'eusse été amoureux et curieux de Marie-Françoise. C'est le meilleur d'elle que j'ai eu pendant vingt ans. J'ai disparu à point, avant que la ménopause ne signalât son arrivée par des humeurs, des vapeurs, des impatiences, des migraines. Voilà la dot que ma femme a apportée à Monmon et qu'elle ne m'avait pas apportée à moi lors de ses vingt ans. Tant pis pour toi, mon cher Monmon. Si tu avais envie de coucher avec Marie-Françoise, il fallait le faire pendant que j'étais encore là. J'étais le garant de ta liberté comme le sont habituellement les maris trompés. Un mari est une bénédiction pour l'amant. Le seul fait qu'il existe suscite au couple adultère une quantité d'obstacles qui, en contrariant les élans, fait durer les passions et même les amourettes. On est acculé aux précautions, à la dissimulation, aux rencontres clandestines, au mensonge, aux rendez-vous hasardeux, toutes choses qui apportent l'illusion de gagner chaque rencontre comme une bataille. Sans ces empêchements, l'intimité amoureuse risquerait parfois d'être pesante, et surtout l'amant se retrouverait nu, fragile, vulnérable, désarmé, devant sa maîtresse, laquelle, si elle veut l'asservir tout à fait, y parviendra en six mois. Devant une femme, un homme n'est pas de force. Le mari, en cela, est une aubaine. Son existence est le seul point lumineux dans le long et obscur tunnel de l'amour, l'unique espoir qu'on ait de retrouver son indépendance. Voilà ce que j'aurais été pour Monmon s'il n'avait pas attendu que je sois défunt pour me cocufier.

Je lui suis reconnaissant de sa délicatesse mais il faut convenir qu'elle ne lui a pas été favorable. Il était bien tranquille, cet idiot-là, avec Stéphanie qui est une personne facile à vivre et avec laquelle il était marié depuis quinze ou seize ans. Ils s'apprêtaient doucement l'un et l'autre à devenir un vieux ménage. Tel que je connais Monmon (et je le connais bien), ce n'est pas de son propre chef qu'il a quitté le domicile conjugal. Marie-Françoise s'est jetée sur lui comme Bonaparte s'est jeté sur l'Italie en 1796. Plus que d'en avoir besoin (car je lui avais laissé assez de bien pour qu'elle n'eût pas la peur de manquer), elle avait envie de conquérir et d'annexer cette grasse province, de lever sur elle un tribut, de s'approprier ses œuvres d'art. Je dis bien ses œuvres d'art, car en virevoltant à travers l'appartement, je n'avais pas été sans noter la présence de quelques bronzes de la Renaissance, et de deux tableaux qui me rappelèrent la décoration de l'appartement de Monmon au Champ-de-Mars.

Que Marie-Françoise se soit mise en ménage avec un de mes copains (un peu moins vieux que moi, mais assez « mûr » quand même) était révélateur du sentiment qu'elle m'avait porté tout au long de notre existence commune. En vingt ans, je n'ai pas une seule fois douté de son amour pour moi alors qu'elle jouait simplement sa partie et la gagnait tous les jours. Je n'étais pas pour elle une fin, mais un moyen. Le moyen d'être tranquille, d'avoir un foyer, des objets matériels, de l'argent pour acheter des choses inutiles ou du chocolat. Tout cela faisait un équilibre qui, je m'en rends compte à présent, lui était plus précieux que moi qui fournissais les conditions de cet équilibre.

Je crois me rappeler que, de mon vivant, on était attristé, déçu, amer, désespéré quelquefois lorsqu'on s'apercevait qu'on s'était mépris sur un être aimé, qu'on lui avait prêté les sentiments qu'on avait pour lui, tandis que nous lui étions quasiment indifférents, qu'il se servait de notre amour ou de notre passion dans des buts platement égoïstes. Je pense que si j'avais lu dans l'âme de Marie-Françoise lorsque j'avais un corps, un cœur et des sens, j'aurais été atterré d'y découvrir si peu d'attachement réel pour moi, un don si parcimonieux d'elle-même. Encore un des nombreux avantages d'être mort : maintenant je me fiche complètement d'avoir été une dupe sentimentale, de m'être vautré dans la duperie pendant plus de vingt ans, d'avoir été ridiculement persuadé que j'étais le premier souci de ma femme. Ce n'est pas seulement de l'arthrose, des insuffisances urinaires que le trépas guérit d'une seconde à l'autre, mais aussi de tout ce qui, moralement, nous blesse. Notre corps, si pesant, si opaque, qui nous obéit si mal, cesse de nous cacher notre âme qui, elle, ne s'effraie d'aucune vérité. Je suis bien conscient de ne pas avoir beaucoup exploré le Purgatoire depuis que je m'y trouve, toutefois je suis sûr d'avoir entrevu la destination du lieu et sa philosophie. Quant à la destination, c'est une sorte de sas de désinfection, comme il en existe dans les usines atomiques ; et quant à la philosophie, elle n'est pas difficile à deviner : à savoir que l'on n'admet là-haut que des âmes toutes blanches, toutes purifiées, ne conservant pas sur elles la moindre trace de péché, de vice, d'illusion terrestre. Vaste programme ! Et dont peu s'en faut que je sois découragé ! J'ai beau être transparent ou invisible, il ne m'échappe pas que mon âme, ma chère petite âme (*animula, vagula, blandula*) est pleine d'eczéma, de dartres, d'acné sénile, de furoncles, de puces, de morpions. Il faudra bien que tout cela disparaisse. Bref, comme on disait quand j'avais deux bras et deux jambes, « On n'est pas sorti de l'auberge ! ».

— Quand même, dit Hadamas en réapparaissant inopinément à mon côté, on n'est pas si mal dans l'auberge. Il y a pire, crois-moi. D'après ce que j'ai entendu dire, on peut la quitter d'une minute à l'autre. Il suffit d'en exprimer la volonté.

— Et pour aller où, s'il te plaît ? demandai-je.

— Ça, c'est une autre question, dit Hadamas. Nous en parlerons une autre fois.

Je m'aperçus qu'Hadamas et moi étions seuls dans l'appartement. Marie-Françoise et Monmon étaient partis pour l'aéroport de Roissy après avoir tiré les volets et bouclé la porte à double tour. Cela m'amusa d'être ainsi enfermé chez moi, et plus encore de penser que ma femme et son mari étaient convaincus d'avoir laissé leur logis entièrement désert. Quelle tête auraient-ils fait s'ils avaient su qu'ils y abandonnaient le fantôme du cher disparu pour aller canoter en amoureux sur le Grand Canal !

— C'était joli chez toi, dit Hadamas. Confortable, douillet, chaud, accueillant. Ce décor, cette vie agréable ne te manquent pas, quelquefois ?

— Pas du tout, m'écriai-je. Je me demande même comment j'ai pu me contenter de si peu. La plupart des gens s'avisent qu'ils ont été heureux lorsqu'ils ont cessé de l'être. Moi, c'est le contraire. Je croyais que j'étais heureux et il a suffi que je meure pour que je m'aperçoive que je ne l'étais pas, qu'au fond, tout ce que je possédais n'avait pas de valeur, si ce n'est la valeur relative des biens terrestres.

Là-dessus Hadamas me fit un éloquent laïus sur les plaisirs de la vie, sur la joie qui coule en vous lorsqu'on a de la chair sur ses os, des biceps, des papilles gustatives, des narines qui respirent, une langue qui parle, des mains qui caressent le corps des femmes. D'après lui, il n'y avait que les êtres faits de la sorte, bien encastrés dans la matière, incapables de porter leur regard au-delà de la place qu'ils occupent dans l'espace, qui savaient jouir complètement de leurs possibilités. Ce n'est pas pour rien que la préoccupation majeure des vivants est l'amour. Il y a dans ce sentiment une douceur, une langueur, une chaleur, un appel, une faim de tendresse, qui est le propre de la chair, et dont l'esprit n'a pas le soupçon, à moins qu'après avoir été désincarné il n'en ait perdu le souvenir. Les propos de mon camarade étaient très persuasifs, très évocateurs, à croire qu'il s'était donné pour tâche de m'inoculer le regret du monde. En même temps, je sentais s'insinuer en moi la tristesse qui suintait habituellement de ses propos, ceux-ci n'eussent-ils rien de particulièrement calamiteux, et qui avait quelque chose qu'en langage humain je qualifierais d'oppressant pour ne pas dire de suffocant. Il semble toutefois que mon esprit critique n'en ait point été entamé.

— Qu'est-ce que tu me racontes là, m'écriai-je. L'amour n'est pas la préoccupation numéro un de l'humanité. Il y a un tas de trucs qui passent avant : l'ambition, le goût du pouvoir, la richesse, l'avarice, le turf, l'ivrognerie, etc. En creusant un peu, on trouve vingt passions plus despotiques que l'amour et auxquelles il n'est pas rare qu'on sacrifie l'amour. J'entends le véritable amour, celui qui vous entraînerait vers un être si on le laissait faire, pas seulement la petite secousse.

Il faut que je note ici un curieux phénomène. Ce n'est pas la première fois que je l'observe : j'ai la sensation, lorsque je n'adhère pas aux raisonnements d'Hadamas ou que je les contredis (et cela est de plus en plus fréquent), que sa tristesse s'éloigne de moi, qu'elle se dissipe comme un nuage qui passe, que, tout à coup, je me sens mieux ; comme si mes paroles ou ma pensée avaient la vertu de repousser les gaz toxiques. Du même mouvement j'éprouve une bizarre allégresse : l'aride et ennuyeux Purgatoire prend fugitivement un charme qui, je ne sais pourquoi, m'évoque le paysage du jardin d'Eden – ou ce que je me figure qu'il doit être. Cela ne dure qu'un instant, ce n'est qu'une vision, un éclair, mais chaque fois que cela se produit, j'éprouve une bouffée d'espoir comme en éprouvaient sûrement les gogos du Moyen Age lorsqu'ils achetaient des paquets d'indulgences.

— Cher Olivier, dit Hadamas d'un ton soucieux qui me déplut, très cher Olivier, tu es malin, tu es très fort sur le raisonnement, mais j'aperçois un défaut dans ta dialectique.

Réfléchis : je te parle de l'amour ; tu m'opposes l'ambition ou l'avarice, mais c'est la même chose que l'amour : des passions. Or, pour éprouver des passions, en jouir, avoir la griserie qu'elles vous haussent au-dessus de vous-même, il faut être le composé de matière et d'esprit qu'est un homme vivant. La passion entre en nous par nos muscles, notre ventre, notre bouche qui mange, nos pieds qui nous mènent d'un point à un autre. Retrouver la peur, l'espoir, l'inquiétude, l'enthousiasme, les sept péchés capitaux et leur ribambelle de sous-péchés, cela doit être délicieux, bouleversant comme de revenir d'exil.

Une de mes faiblesses qui, sur terre, m'a été en mainte occasion préjudiciable est la bonne foi. Il y avait du vrai dans les paroles d'Hadamas, j'étais obligé d'en convenir. Depuis que j'étais mort, il m'était arrivé de regretter la vie et ses inimitables moiteurs. Hadamas attendait un acquiescement de ma part ; j'étais sur le point de le lui donner quand quelque chose m'arrêta : à savoir la bouffée de tristesse qui entra en moi après qu'il eut fini sa tirade. Cette tristesse qui lui était spécifique m'était de plus en plus désagréable. Il la produisait comme la seiche évacue son encre dans la mer. J'en avais assez de me nettoyer après chaque aspersion.

— C'est bien joli la passion, l'amour et les péchés capitaux, déclarai-je, mais il faut prendre tout ce qui va avec : les méningites, les péritonites, les pneumonies, le cancer du poumon, les accidents de la route, la constipation, les deuils, etc. C'est à croire que tu as tout oublié des inconvénients de l'existence. Sur terre tu payes un jour de tranquillité par un trimestre d'empoisonnements. Tu as connu cela, non ? Et tu en redemandes !

Qui me soufflait cet argument ? Je ne l'aurais pas trouvé tout seul, ou plutôt, je ne l'aurais pas trouvé pour donner la réplique à l'insidieux Hadamas. Il me serait apparu une heure ou un siècle plus tard. L'esprit de l'escalier qui m'a tant embarrassé au cours de ma vie m'a suivi dans la tombe. Quel étrange caractère que celui qu'Hadamas avait conservé par-delà le trépas ! Notre controverse, quoique nous y eussions mis une certaine chaleur, avait quelque chose de philosophique qui excluait que notre cœur y prît part. Néanmoins je sentais chez mon camarade une sorte de souffrance lorsque nos points de vue divergeaient de façon trop patente, comme si, dans une partie de bridge, je réussissais une impasse contre lui et qu'il redoutât de ne pas faire son contrat. Pourquoi cette comparaison avec le bridge me traversa-t-elle, et, mieux encore, pourquoi tout à coup s'imposa-t-elle à moi comme une représentation symbolique de ce qui, Hadamas et moi, nous liait l'un à l'autre ? J'éprouvais d'ailleurs à son égard les sentiments mêmes qui animent un concurrent dans un jeu ou dans un sport, à savoir un mélange de complicité et d'aversion, d'amitié et de volonté d'écraser l'adversaire.

La manie la plus exaspérante d'Hadamas consiste à disparaître subitement, tantôt quand il juge avoir dit tout ce qu'il avait à dire, tantôt quand il ne sait que répondre à une objection qu'on lui a faite ou une évidence qu'on lui a opposée. Une seconde, un clin d'œil, une fraction infime d'éternité, et il n'est plus là, comme un serpent qui s'enfuit dans les herbes. A un je-ne-sais-quoi, un vide imperceptible, une impression de solitude soudaine, je sentis qu'il m'avait encore joué son tour de magie, et j'en éprouvai du dépit. S'évaporer comme il le faisait est un moyen par trop facile, pour ne pas dire malhonnête, de clore les débats. Moi aussi j'aurais pu lui fausser compagnie quand j'en avais assez de sa mélancolie distinguée, ce qui m'arrivait plus souvent qu'à mon tour, moi aussi j'aurais pu me diluer dans l'atmosphère, j'en avais la faculté autant que lui. Néanmoins je ne le faisais pas, ne fût-ce que par politesse. Il m'eût semblé de la dernière goujaterie de filer comme un voleur, sans un mot d'excuse ou d'explication, sans un mensonge de convenance, sans, au moins, dire au revoir. Hadamas était-il un mufle ? Je ne le pense pas, malgré tout. Ses départs ou, pour mieux dire, ses éclipses n'étaient si agaçants que parce qu'on voyait en eux quelque chose de stratégique, comme s'il était une marionnette dont quelque montreur secret tirait les ficelles.

Avec tout cela, je me retrouvai tout seul... J'allais dire « chez moi ». Mais à part ma concession à perpétuité, je n'ai plus de chez-moi, à moins que je ne proclame que, étant invisible, je suis chez moi partout. Tiens, pourquoi n'irais-je pas prendre mes quartiers pendant cent ou deux cents ans dans la chambre du Roy à Versailles ? Voilà qui serait du dernier galant et je ne gênerais personne. Mais je ne suis sans doute pas le premier à qui soit venue cette idée. En supposant que les autorités supérieures me permettent de me transporter dans les Yvelines, je risque de trouver le château de Versailles bourré d'âmes du Purgatoire comme le métro aux heures de pointe.

Au fait, où sont-elles, ces âmes en attente ? Depuis que je suis mort, la seule que j'aie rencontrée est celle d'Hadamas. Hormis nous deux, le Purgatoire est-il vide ? J'ai de la peine à croire qu'on ait créé ce lieu métaphysique exclusivement pour lui et moi. Dans certaines foires de mon enfance, j'étais à la fois attiré et effrayé par une attraction intitulée « le Palais des Mirages » dont le but était de donner à l'audacieux qui s'aventurait à l'intérieur une représentation inversée du monde. Il y avait en particulier un « Salon des Miroirs » dans lequel les glaces étaient si habilement disposées que, quoique l'on fût entouré de cinquante personnes, on avait l'illusion d'être seul. Le Purgatoire ne serait-il pas une sorte de gigantesque Palais des Mirages, dans lequel, en mourant, j'aurais pénétré par mégarde ? C'est bien la peine d'avoir tant fait que d'être mort pour se poser des questions comme si on était encore sur terre ! Certains crépuscules d'hiver, lorsque j'arpente les avenues du cimetière, il me revient à la mémoire un vers de Baudelaire : « L'air est plein du frisson des choses qui s'enfuient ». Avait-il, pour avoir écrit cela, senti sur ses joues l'effleurement de quelques centaines ou de quelques milliers d'âmes en peine ? Avec les poètes, on ne sait jamais à quoi s'en tenir. Quand on juge qu'ils ont réellement vu quelque chose d'invisible, il y a neuf chances sur dix pour qu'ils l'aient inventé. Et vice versa, d'ailleurs. Mais eux-mêmes savent-ils où passe la ligne qui sépare le surnaturel et leur imagination ? En ce qui me concerne, je crois comprendre ceci : qu'une des conditions ou un des verdicts de mon Purgatoire est la solitude, comme pour d'autres c'est la cohue, l'entassement, la bousculade, la promiscuité. Bref, moi qui ai toujours fui la foule, je suis assez bien loti. Pour ce qui est d'Hadamas avec qui j'ai été en quelque sorte accouplé, je continue à me demander s'il est une bénédiction ou une malédiction, si on me l'a envoyé comme un ami ou comme un persécuteur. Malgré tout ce qui nous sépare, malgré sa voix geignarde, ses visites intempestives, ses disparitions exaspérantes, je me suis attaché à lui. Après tout, il est mon seul confident, il m'écoute, ce qui ne l'empêche pas de ne rien comprendre à mon caractère ni à mon intellect, tout comme si nous étions vivants, lui et moi, et que mon enveloppe de chair dissimulât mon esprit à la façon d'un écran ou d'un paravent.

On a volontiers tendance à penser que les mésaventures, les humiliations, les épreuves, les chagrins, les drames ouvrent l'esprit de ceux qui les endurent et qu'un imbécile qui a souffert est moins sot qu'un imbécile qui ne s'est jamais heurté aux aspérités du monde. Mais ce n'est pas vrai. Un imbécile, heureux ou malheureux, reste toujours un imbécile. Sa nature ne change pas sous la pression des événements. Je songeais à cela, assis sur mon canapé capitonné, dans mon appartement, à propos d'Hadamas qui, décidément, m'occupe un peu trop la tête. A en juger par son humeur chagrine, il a dû en voir de rudes pendant son passage sur la terre. Je n'ai pas le sentiment qu'il en ait été enrichi. Au contraire, ses tribulations l'ont rendu encore plus ennuyeux qu'il ne devait l'être de naissance. Lorsqu'il aura l'obligeance de réapparaître, je tâcherai de lui tirer les vers du nez. Ce qui me confirme dans mon opinion sur son degré d'intelligence est mon ignorance de ce qui le concerne. En effet, le goût de la cachotterie, le genre mystérieux sont caractéristiques des imbéciles. C'est leur élégance (c'est-à-dire leur cache-misère). Allons ! Je m'arrête là ! Tel que je me connais, n'ayant que trop tendance à « m'exagérer mes jugements », je vais finir par reléguer le pauvre Hadamas dans la catégorie des crétins irrécupérables, ce qui serait aussi faux que de faire de lui un aigle. Hadamas est un personnage moyen, voilà tout, qui comme tous les êtres vivants ou morts dit quinze bêtises pour deux choses justes, et, par-dessus le marché, les dit mal.

Je me trouvais très bien dans mon salon. Malgré le demi-abandon où Marie-Françoise et Monmon l'avaient laissé, il y restait quelque chose de moi, un souvenir de ce que j'avais été, une atmosphère dont je ne saisissais rien quand j'étais vivant et que je sens à présent que je suis mort. Assis sur mon canapé, j'ai l'impression d'aller à la rencontre de moi-même, de m'être, comme qui dirait, provisoirement dédoublé.

Je suis tiré de ma rêverie par le bruit d'une clef tournant dans la serrure de la porte d'entrée. Est-ce la concierge, la femme de ménage, un cambrioleur ? Pas du tout : c'est Monmon et Marie-Françoise qui reviennent de Venise. L'éternité est vraiment une chose déconcertante comme un changement de monnaie auquel on ne parvient pas à s'accoutumer. J'ai l'impression qu'il ne s'est pas écoulé un quart d'heure depuis qu'ils sont partis et voilà que cela fait quinze jours ou davantage pendant lesquels, à en croire leur bonne mine, ils sont plutôt allés bronzer sur les plages du Lido qu'admirer les Tintoret et les Longhi. Ils ont l'air modérément contents de retrouver leurs pénates.

— Les vacances, on voudrait que cela ne finisse pas, dit Marie-Françoise.

— On s'ennuierait quand même, à la longue, réplique sentencieusement Monmon.

— On a beau dire, reprend Marie-Françoise qui n'en est pas à une contradiction près dans ses propos, c'est agréable de se retrouver chez soi, d'avoir sous la main ses petites affaires. Tiens, moi...

— Moi aussi, dit Monmon. Je commençais à...

— Tu vois ! s'écrie ma veuve victorieusement, comme si elle avait remporté un succès complet dans une discussion impitoyable.

Est-ce que les âmes désincarnées ont le pouvoir de ricaner ? pensais-je en écoutant (distraitement) cette intéressante conversation. Elles l'ont, d'une certaine façon intérieure. Personne ne perçoit le ricanement, pas même celui qui en est le siège, mais la joie maligne qu'on éprouve est bien là, on ne s'y trompe pas, elle éclaire l'esprit de sa lumière aigrelette. Donc, je ricanais tout en pensant qu'il était temps de me débiner. Avec leurs sottises postvacancières, Marie-Françoise et Monmon me flanquaient des paniques. Etais-je comme eux de mon vivant ? Enfilais-je les insignifiances et les lieux communs les uns derrière les autres, dans le vague espoir, avec mon bavardage, de couvrir le silence effrayant des espaces infinis ? Pas d'une manière aussi pure qu'eux, aussi ingénue, sans doute, mais cela m'est arrivé plus d'une fois. Jadis, quand j'étais un homme, je me plaignais constamment parce que, trouvais-je, la vie rabâchait, reproduisait dix fois, cent fois les mêmes événements, les mêmes situations. A moi qui me piquais de tout comprendre à demi-mot, cela paraissait bien fastidieux. De là mon goût pour les romans (les bons, bien sûr, ceux de Balzac, Dickens, Dostoïevski) qui courent tout droit à l'essentiel, sans un mot de trop, sans une répétition. Bref, je trouve que la vie est bien plus rapide et saisissante quand elle est racontée par un homme de génie que quand elle est fabriquée, vaille que vaille, au jour le jour, par l'humanité. Toutefois ces belles aspirations ne m'empêchaient pas de radoter, moi aussi, peut-être un peu moins que les autres, mais encore pas mal, d'ajouter mes propres radotages au grand radotage du monde. Pourquoi ai-je eu, à ce moment précis de mon éternité, une pensée presque attendrie pour Hadamas ? La dernière fois que je l'avais vu, c'était dans ce salon, et sa présence avait, je ne sais comment, rendu le dialogue entre ma femme et son mari moins ridicule.

— Me voici ! dit Hadamas dont je sentis tout à coup la présence contre moi sur le canapé. Tu m'as appelé, tu as besoin de moi. Je suis ton ami. Je t'entendrais à l'autre bout de l'univers.

Cette dernière phrase me fit tiquer. Ce n'était certes qu'une façon de parler, une image, néanmoins je distinguais derrière elle une espèce de réalité. Hadamas savait tout de moi, de mes plus intimes déplacements tandis que je n'avais aucune idée des lieux qu'il allait hanter lorsqu'il disparaissait. Car il allait forcément quelque part. Dans ses départs précipités, je sentais toujours une bizarre obéissance à quelqu'un ou à quelque chose.

— Es-tu allé à l'autre bout de l'univers ? dis-je d'un ton dont l'anxiété, j'en jurerais, n'échappa point à mon interlocuteur. Non plus que ne m'échappa la nuance d'embarras de sa réponse.

— L'univers n'a pas de bout. Tu crois y

être arrivé et tu trouves encore des étoiles, des planètes, des voies lactées, des espaces, de la nuit. Plus tu avances, plus l'univers recule. C'est angoissant. J'ai horreur de l'infini. Je te parle par ouï-dire car évidemment, je n'ai pas été y regarder. Je suis comme toi, un petit bonhomme qui s'arrange de l'éternité comme il peut. J'ai aussi mes tracas, j'ai aussi mes embêtements, mon cher, mon très cher Olivier.

Quels tracas, quels embêtements ? Je faillis le demander, mais une bouffée de ma politesse terrestre me frappa de paralysie. Pas seulement de politesse, soyons sincère, mais aussi d'indifférence. Tout à coup, je fus accablé d'ennui à l'idée du chapelet de déboires qu'il me débiterait avec l'inexorable complaisance des malchanceux. Ce qui m'aurait vraiment intéressé dans Hadamas, c'est son âge, ou plus exactement l'époque durant laquelle il avait vécu. J'aurais été enchanté d'avoir pour camarade de Purgatoire un Florentin du Quattrocento qui aurait serré la pince de Michel-Ange, ou un sujet de Louis XV qui aurait passé une semaine à Ferney chez Voltaire, ou encore un poète symboliste, ami de Verlaine et de Mallarmé. Hélas ! Il est à présumer que les âmes du Purgatoire sont faites du même bois que les centenaires, qui m'ont toujours surpris par leur insignifiance, à croire qu'ils n'ont utilisé leur énergie et leurs ressources intellectuelles que pour durer, pour éviter ce qui pouvait être fatigant dans la vie. En cent ans de présence sur terre, ils n'ont rien vu, rien compris. L'histoire se faisait avec ses incohérences, ses tumultes, ses génies, ses trublions, son pittoresque, ses révolutions, ses guerres, sa gloire ; eux, ils restaient dans le coin perdu de la planète où le hasard les avait jetés. Pas la moindre curiosité de ce qui se passait à dix kilomètres ; pas une relation, pas une rencontre. Ah ! Qui chantera la longévité des cloportes ! Et pourtant Hadamas n'était pas un cloporte. Il était trop entouré d'ambiguïtés, trop intuitif, trop déconcertant pour qu'on pût le ranger dans cette catégorie de créatures rudimentaires. Une pensée effleura ma cervelle ou ce qui continuait à être ma cervelle : à savoir qu'avec ses attentions, ses prévenances, son assiduité trop marquée, il essayait de tirer quelque chose de moi. Mais quoi ? Mystère et boule de gomme. Que pouvais-je offrir d'intéressant, de précieux, de rare, d'unique qu'il pût désirer me prendre ? Non seulement j'étais aussi complètement démuni qu'on peut l'être, mais encore, de par ma seule présence dans ce lieu que je suppose être le Purgatoire, mon avenir, ou ce qui en tenait lieu, était arrangé d'avance : à un moment quelconque, imprévisible pour moi, l'ultime opacité de mon âme immortelle aura disparu et le portillon de l'Eden s'entrouvrira pour me laisser passer. Quelle est la place d'Hadamas dans tout cela ? Est-il mon ange gardien qui aurait continué à me suivre et à me servir par-delà la mort ? J'en ai parfois le soupçon mais cela ne dure pas. Hadamas n'a pas le « profil ». Il y a chez lui trop de clair-obscur. Un ange gardien, selon moi, doit être transparent, plein d'amour et d'exigences pour la créature dont on lui a confié la protection. Or je ne sens pas cela chez mon camarade, en dépit de ses câlineries. A y bien réfléchir, son seul trait authentiquement angélique est sa manie d'apparaître et de disparaître sans crier gare. En dehors de cela, je ne lui vois que des caractéristiques humaines. Je trouve même qu'il lui en est resté plus que je n'en ai gardé. Il est indiscret, insistant jusqu'à l'impolitesse, menteur assurément, attentif à ne montrer que certains aspects de sa personnalité et à en dissimuler les autres. Enfin, j'ai l'humiliante impression qu'il me prend pour une andouille. Cela se traduit dans la manie qu'il a de me prêter les idées ou les sentiments de tout le monde en pensant que je goberai n'importe quelle baliverne pourvu qu'on me la serve en ayant l'air d'y croire.

— Je vais te donner une grande preuve d'amitié, dit Hadamas. Tourne la tête vers la droite. Maintenant regarde.

Effectivement, je vis sur le canapé, à côté de moi, quelque chose qui ressemblait à un voile de tulle jeté là par hasard. A l'examiner de plus près, on s'apercevait que le voile avait la forme d'une créature humaine ou plutôt ses contours. L'ensemble était fort plaisant et même, trouvai-je, harmonieux. Impossible, malheureusement, de distinguer si j'avais sous les yeux les formes d'un homme ou celles d'une femme. Du moins, c'est la première idée que j'eus. La seconde, moins futile (ou moins tendre, comme on voudra) fut de m'interroger enfin sérieusement sur la véritable nature d'Hadamas. Je m'avisai soudain que je ne l'avais pas fait jusqu'ici. Je l'avais pris tout bonnement pour un de mes pareils, une sorte de frère, une âme en transit, ce qu'il n'était en aucune façon. Il avait des *pouvoirs* alors que moi, à part mon don d'ubiquité, je n'en avais pas. Certes, il ne s'était pas beaucoup matérialisé ; je n'apercevais de lui qu'une esquisse, qu'un croquis, une silhouette instable et fugace, mais je l'apercevais, irréfutablement. Et je ne la voyais pas seulement de mes yeux, mais avec tout ce qui avait été autrefois mon corps. Pendant *quelques secondes*, j'avais senti le temps couler en moi comme il le faisait sur terre et dont j'éprouvai la chaleur, la brève griserie que procure un verre d'alcool. La griserie ne dura pas plus que le reste : elle fut chassée par une tristesse compacte qui me tomba brusquement sur le paletot alors que je m'efforçais de graver ce que je voyais dans ma mémoire. Le visage d'Hadamas s'était précisé. Je ne pouvais pas m'empêcher d'admirer la finesse de ses traits, la pureté de la courbe de son nez, ses longs cheveux, et jusqu'à une espèce de douceur dans son regard. Je crois qu'il souriait, d'un sourire énigmatique d'androgyne, comme dans un tableau de Léonard de Vinci. Je balançai à lui demander qui il était au juste, ce qu'il faisait auprès de moi, pourquoi il m'avait choisi, d'où il venait, où il allait, etc. Je ne le fis pas, étant sûr d'avance qu'il ne me dirait que ce qu'il voudrait bien me dire et que j'en serais pour ma curiosité. Tout viendra à son heure, et nous aviserons au fur et à mesure.

On n'imaginerait jamais ce qui dissipa la tristesse qui émanait d'Hadamas et contribua à me rendre ma gaieté habituelle : c'est le spectacle incongru de mon salon bourgeois, bienséant, bien rangé, un peu froid, enrichi des bronzes de Monmon, bref, le lieu le moins surnaturel qu'on puisse trouver, servant de cadre à la matérialisation d'un esprit invisible. Ce contraste me parut des plus comique. Je n'eusse jamais songé de mon vivant que j'assisterais à un numéro de ce genre, et chez moi par-dessus le marché. C'était l'irruption de la tragédie grecque dans un vaudeville de Feydeau. Le voile de tulle ondula légèrement et se mit à parler. Cela finit de me réintégrer dans ma bonne humeur. En effet, mon brave Hadamas n'était pas devenu plus intelligent que de coutume. A preuve les paroles qui sortirent silencieusement du paquet de tulle et que j'entendis comme si elles avaient été prononcées par un sociétaire de la Comédie-Française : il me demanda très sérieusement si je croyais au bonheur, si j'avais été heureux au cours de mon existence terrestre, si l'espoir de l'être de nouveau subsistait en moi et autres sottises pour téléspectateurs. La notion de bonheur m'agaçait beaucoup autrefois. C'était la blague à la mode dans les démocraties occidentales ; tout le monde « avait droit » au bonheur, comme au remboursement des frais de pharmacie par la Sécurité sociale. Je n'allais pas me lancer dans une discussion au cours de laquelle Hadamas, tel que je le connaissais, me servirait le monceau d'idées convenues qui caractérisent le sujet. Je me bornai à lui dire (silencieusement mais sarcastiquement) :

— Il me semble que jamais le Ciel ne parle de bonheur. Plutôt de félicité. J'ai cru comprendre que ce n'est pas tout à fait la même chose.

Pour Hadamas, la conversation était comparable à une flambée : dès qu'il approchait un peu trop sa main du feu, il la retirait brusquement. De même, sitôt que, dans une discussion, il lui paraissait qu'il allait avoir le dessous, il parlait abruptement d'autre chose, quand il ne disparaissait pas, tout simplement. Il était borné, certes, mais si sensitif que cela, dans certaines circonstances, suppléait à l'intelligence. Le fait qu'il fût parvenu à se rendre visible quasi physiquement m'avait considérablement impressionné. Il avait des pouvoirs, c'est indéniable, mais d'où les tenait-il, et de qui ? Etait-il au Purgatoire depuis des centaines d'années et bénéficiait-il de certains avantages accordés à l'ancienneté ? Ces privilèges me causaient un certain dépit. Objectivement, j'étais beaucoup plus vif, délié, pénétrant, philosophe. sérieux même, oserai-je dire, que lui, et sur le plan incompréhensible du surnaturel il m'était supérieur. S'il y a un sentiment qui m'a toujours été étranger, c'est bien l'envie. Dieu me pardonne, je fus envieux d'Hadamas, comme pouvait l'être un bourgeois capable et ambitieux d'un marquis borné, à la veille de la Révolution. Tout immatériel et purgé de passions que j'étais, je sentis un souffle d'amertume monter dans ma tête. Ainsi il y avait des inégalités sociales jusque dans le Purgatoire ! Les gens de valeur n'y étaient pas triés selon leur mérite. A qui se fier, Seigneur ! Donner des pouvoirs à Hadamas, personnage subalterne à tous points de vue, c'était proprement jeter des perles aux cochons.

Mon meilleur repère pour mesurer (approximativement), du creux de mon éternité, le temps qui passe, est d'observer les modifications dans l'aspect de Marie-Françoise et de Monmon. Tout à l'heure, ils revenaient de Venise, et soudain Monmon est presque chauve ; Marie-Françoise a commencé sa métamorphose en vieille dame : elle a des gestes retenus, une démarche précautionneuse, des mèches blanches dans les cheveux. Le salon aussi a pris de l'âge. Cela se marque par de la poussière, le ménage fait rarement, les vitres des fenêtres douteuses. Il doit y avoir vingt ans que ma femme et mon ami se sont mis ensemble. Donc je suis mort depuis environ vingt-cinq ans. Un des charmes de l'éternité est qu'ayant aboli le temps, elle a aussi aboli l'ennui. Penser que vingt-cinq ans se sont écoulés depuis mon dernier soupir et que, pas un instant, je n'ai éprouvé le moindre sentiment de désœuvrement ! J'ai été occupé à être mort de façon plus intense que je n'avais été occupé à vivre. Par exemple, je suis resté dix ans assis sur mon canapé et cela a passé en un clin d'œil. Vingt-cinq ans que j'ai quitté la terre ! Un quart de siècle ! Qui pense encore à moi, là-bas ? Marie-Françoise, de temps à autre, peut-être, lorsqu'elle me donne en exemple à Monmon, ce qui doit lui arriver une ou deux fois par semaine car, contrairement au proverbe, les absents n'ont pas toujours tort. Ils ont même souvent raison, n'étant pas là pour nuancer les propos qu'on leur prête, sinon les contredire.

Je conçois que Marie-Françoise et Monmon ne vivent guère dans le salon et le laissent en jachère. Cette pièce (à cause de ma présence invisible, peut-être, et de mes colloques avec Hadamas) a quelque chose de métaphysique. On y respire un air qui n'est pas celui de la terre, et qui ne doit pas être très bon pour les bronches. Ma veuve et son époux sentent cela obscurément, sans doute. Ils se tiennent plus volontiers dans leur chambre ou dans la salle à manger. Je me demande à quelle portion de temps correspond le morceau d'éternité pendant lequel je ne les ai pas entendus. Il me semble qu'ils ont sensiblement vieilli depuis leur dernier échange de propos. La voix de Monmon est devenue plus douce avec, à la fin des phrases, des aigus presque féminins. Par un phénomène inverse, celle de Marie-Françoise, qui était très fraîche, voire « cristalline » autrefois, a pris, avec le temps, un timbre de contralto. Lorsqu'elle téléphone, ses correspondants lui disent « Bonjour Monsieur », ce qui ne lui fait que modérément plaisir, à ce que j'ai pu constater diverses fois.

— On a réévalué les points de retraite, chevrote Monmon. Enfin une bonne nouvelle !

La conversation que supposait cet alléchant préambule me flanqua le cafard ; et ce qui suivit n'était pas de nature à le dissiper. C'était une vraie conversation de vieux. Ces deux vieux-là n'étaient pas dans le besoin, c'est le moins qu'on puisse dire. Ils s'interrogeaient avec ardeur à propos d'une croisière en Méditerranée sur un paquebot italien qu'ils avaient projeté de s'offrir pour célébrer l'anniversaire de leur mariage. La croisière serait vouée à la musique. Le quatuor Machin jouerait tous les soirs du Mozart et du Beethoven. Bigre ! Heureusement que les points de retraite avaient été augmentés !

— Tu ne crois pas que ce sera un peu austère ? dit Monmon craintivement.

— J'adore Mozart, déclara Marie-Françoise d'un ton viril.

Après la croisière, un autre sujet de préoccupation émergea, à savoir le projet que nourrissait le couple de déménager et de s'installer à la « Résidence Elyséenne », établissement d'un chic suprême, situé avenue Montaigne, non loin de la place de l'Alma. C'était cher, évidemment, mais que d'avantages ! L'adresse, d'abord, qui était une des plus élégantes de Paris, le confort raffiné, la plomberie sublime, les femmes de chambre omniprésentes. Il y avait même un restaurant au sous-sol pour les pensionnaires ayant la flemme de préparer eux-mêmes leur tambouille dans leur kitchenette ultra-fonctionnelle. Monmon n'avait pas l'air emballé par la perspective de s'installer dans ce paradis, mais Marie-Françoise paraissait si contente qu'il n'osait pas formuler d'objection, autant par délicatesse que par pusillanimité. D'ailleurs, à ce que je compris, il était trop tard. On avait retenu un appartement, signé des papiers, versé un acompte. J'eus un bref mouvement de compassion à l'égard du pauvre Monmon.

Ouf ! Je commençais à en avoir ma claque de ces infimes préoccupations. De mon vivant déjà, quand j'entendais des échanges de ce genre, j'étais soudain envahi, noyé, submergé par la métaphysique. L'homme, la créature humaine jacassant entre deux infinis, m'apparaissait dans toute sa vanité. Au lieu de me comparer à ce polichinelle et de me féliciter de ne pas être fait sur le même patron, je redoutais de lui ressembler par quelque côté. Heureusement je suis au Purgatoire, lieu de vérité et de sérieux où il ne subsiste aucun rideau qui dissimule l'éternité aux âmes humaines.

Je ne me formulai pas consciemment mon désir de quitter mon appartement et ses occupants, c'était tout au plus une velléité. Néanmoins cela fut exaucé sur-le-champ. A peine l'idée de fuir avait-elle éclos que je me retrouvai au milieu d'un tas de gens vivants qui marchaient, qui causaient, qui conduisaient leur automobile, de motos bruyantes, d'autobus gros comme des baleines. Tout cela était un peu fatigant pour un pauvre esprit comme moi qui venait de passer une dizaine d'années sur un canapé. Au milieu de ce tumulte urbain, je sentis sur la surface invisible de mon corps ce que je désignerai, faute de meilleure expression, comme un chatouillement abstrait. Je ne savais que trop ce que cela signifiait : que tout à coup Hadamas se tenait près de moi, revenant de Dieu sait quelle expédition. Je me trouvais alors devant la façade de l'église Saint-Sulpice que j'ai toujours considérée comme un des plus beaux monuments de Paris. « Au diable l'avarice ! m'écriai-je silencieusement. A quoi bon être mort si c'est pour se priver ! Je vais visiter Saint-Sulpice comme je ne l'ai jamais fait, de la crypte à la plus haute lanterne. » J'avais l'intention d'aller débusquer dans leur trou des rats contemporains de Servandoni. Mû par un vieux réflexe religieux, et ayant, par le seul fait d'être au Purgatoire, le sentiment de n'être pas complètement ignoré des puissances d'En-Haut, je m'agenouillai sur un prie-Dieu. Je récitai un « Notre Père » et un « Je vous salue Marie » un peu distraitement, je le confesse, et plutôt par politesse religieuse que par conviction.

— Tu te barbes, hein ! dit, dans un souffle, Hadamas qui ne s'était pas agenouillé et qui, de sa hauteur, me regardait avec la curiosité d'un explorateur observant une peuplade nègre en train d'adorer le grigri d'un sorcier. L'église, c'est bien gentil, poursuivit-il, mais pas très varié. Tiens, par exemple, la messe. Quand tu as assisté à une, tu as assisté à toutes. Les gens viennent chaque dimanche, ils redisent les mêmes paroles, ils refont les mêmes gestes. Et cela dure depuis deux mille ans : on a de la peine à croire qu'un spectacle aussi dépourvu de talent et d'imagination ait tenu si longtemps l'affiche !

J'aurais dû être très choqué par de pareils propos – or je ne l'étais qu'un peu. Presque amusé. En les entendant, je me croyais revenu sur terre et écoutant les élucubrations d'un prosélyte de l'anticléricalisme. Quoique j'eusse dix arguments à opposer, je me gardai bien de répondre, ne serait-ce, comme je l'ai toujours pensé, que parce que les discussions ne mènent nulle part si l'on n'est pas du même avis. Et ne serait-ce que parce que le cadre magnifique et grandiose de Saint-Sulpice ne se prête pas à des controverses badines sur la liturgie catholique. Avec l'irrespect qu'il professait, Hadamas n'était pas près de quitter le Purgatoire, pensai-je. Il y a encore trop de scepticisme et d'amertume en lui. Depuis combien de siècles est-il ici ? Sept ou huit, selon les mesures terrestres, ce qui fait de lui un sujet du roi Philippe le Bel sinon de Saint Louis, bref, une de ces âmes difficiles à comprendre parce que, en elles, le bien et le mal ne sont pas aux mêmes places que dans les nôtres. Au temps des Croisades, il devait y avoir le même contingent ou la même proportion de libres penseurs qu'aujourd'hui, et plus violents sans doute, car l'époque résistait davantage à leur doctrine. Hadamas pouvait très bien être l'un de ces mécréants, sans parler de quelques petits crimes qu'il aurait commis, par vendetta ou par lucre. Cela expliquerait son long séjour ici.

— Une autre chose m'embête dans les églises, dit-il, c'est qu'il y fait toujours froid. J'ai horreur du froid. Je n'aime que la chaleur. Plus j'ai le sentiment de cuire, plus je suis heureux.

Phrase étonnante de la part d'un pur esprit qui, en principe, ne doit sentir dans son être impalpable aucune variation thermique, pas plus qu'il n'a mal aux pieds ou la migraine. Phrase étourdie, et qui me mit la puce à l'oreille, ou plus exactement me fit songer à d'autres paroles qui, sur le moment, ne m'avaient pas paru révélatrices. Pour qu'il continuât à se trahir, je lui demandai avec une feinte sollicitude si l'odeur de l'encens ne l'incommodait pas. Mais il était de nouveau sur ses gardes et répondit qu'il ne reniflait rien du tout, de sorte que je restai dans le doute sur sa véritable origine, humaine ou non humaine. Je n'osai pas aller plus loin dans mes interrogations secrètes. Cela ne m'empêchait pas de sentir une agitation inusitée chez Hadamas, comme si le fait d'être à l'intérieur d'une église lui donnait de l'urticaire et qu'il eût sans cesse besoin de se gratter.

— Tu as l'air d'un diable dans un bénitier, lui dis-je. Calme-toi. Je suis là. Les tours de Saint-Sulpice ne vont pas te tomber sur la tête.

— Il n'y a plus d'eau bénite dans les bénitiers, me répliqua Hadamas en adoptant un ton badin, et par conséquent plus de diables pour y faire des séjours balnéaires !

La visite de Saint-Sulpice m'intéressa moins

que je n'avais espéré, encore que le bâtiment fût très riche, très compliqué et, par-ci par-là, ressemblât à quelque ville superbe et abandonnée comme Pétra. Ce qui me gâcha surtout mon exploration fut la présence d'Hadamas qui ne me lâcha pas d'une semelle et ne cessa de faire des commentaires sarcastiques. Même les grandes compositions de Delacroix dans la chapelle des Anges, qui sont des merveilles, n'échappèrent pas à ses critiques qui me parurent à peu près de la même force que ce que déclarent les bourgeois dans les expositions de peinture. Je parle des bourgeois ingénus d'autrefois et non pas des bourgeois esthètes d'aujourd'hui. A savoir que le personnage de Jacob dans la fresque de gauche est beaucoup trop athlétique, qu'il a l'air sain et honnête d'un sportif borné. Delacroix lui avait donné l'échine d'un lion ou d'un tigre alors que c'était une belette, une fouine, un furet.

— Est-ce que tu l'aurais connu, par hasard ? demandai-je d'un ton aussi ironique que possible.

— J'ai connu une quantité de bonshommes, répondit-il. Si je t'en faisais la liste, tu n'en reviendrais pas.

— Mais Jacob ? insistai-je pour l'embarrasser.

— Jacob n'est plus dans le temps, déclara gravement Hadamas, il est dans l'éternité comme toi et moi. Tu pourrais le rencontrer toi-même s'il venait se promener dans nos parages. Dis donc, ajouta-t-il, as-tu l'intention de rester ici jusqu'à la consommation des siècles ? Dis-le-moi, j'irai t'attendre dehors. Je suis gelé.

Pour une fois, et j'en étais étonné, je ne sentais pas autour de moi (ou tombant sur moi) le lourd brouillard de mélancolie que produisait la présence d'Hadamas. Au contraire, ma gaieté intérieure était la plus forte. A moins que le froid qui régnait dans l'église ne fût un rempart contre les émanations de mon voisin. L'éternité, décidément, est pleine d'étrangetés, mais peu à peu, à mesure qu'on s'y accoutume, elles se dissipent. Suffit d'être patient : je finirai bien par savoir à quoi m'en tenir sur Hadamas et ses manigances. En soixante-cinq ans de vie, j'ai appris à jauger les hommes, et j'ose dire que je me suis rarement laissé abuser. Il n'y a pas de raison que je m'en laisse plus conter par les morts que par les vivants. L'éternité change l'optique, elle ne change pas les âmes.

Hadamas grelottait à côté de moi. Comment grelotte un pur esprit ? Je sentis plutôt que je ne constatai la douleur que le froid répandait dans son être sans matière et j'étais presque sur le point de la partager. Un individu pervers aurait prolongé ce supplice indéfiniment, pour le plaisir, en restant sans bouger agenouillé sur le prie-Dieu. Mais je suis un brave type : je ne supporte pas de voir quelqu'un souffrir, il me fait tout de suite pitié ; mon premier mouvement est d'alléger son tourment.

— Viens, dis-je. Allons respirer un peu d'air printanier au cimetière.

— Merci, me répondit-il, mais si tu as envie de rester encore ici, je t'attendrai dehors. C'est très gentil ce que tu me dis là. J'apprécie beaucoup. Toutefois, j'ai lu en toi le mot « pitié ». Tu n'as pas à éprouver de pitié. Je n'irai pas jusqu'à affirmer que je sois très heureux, mais dans l'ensemble, cela peut aller. Je ne suis pas malheureux non plus. Tout ce qu'on me demande, c'est d'être loyal et de bien faire mon travail.

Quel travail ? Loyauté envers qui ? Je n'étais pas au bout des énigmes. D'avoir émis intérieurement le désir d'aller au cimetière suffit pour que nous y fussions transportés tous les deux aussitôt. Devant ma concession à perpétuité régnait une animation inaccoutumée. Une quinzaine de personnes regardaient un cercueil descendre dans la fosse. Quel était le coucou qui venait ainsi s'établir dans mon nid ? Une vieille dame, toute cassée, toute rabougrie, dans laquelle, sous les rides et les déformations physiques, je reconnus ma femme, me le révéla. C'était Monmon, qu'elle conduisait à sa dernière demeure. Une autre personne d'âge, aussi ratatinée que Marie-Françoise, assistait à la cérémonie, qui n'était autre que Stéphanie, première épouse de Monmon, à qui ce galant homme avait versé pendant plus de quarante ans une généreuse pension alimentaire. D'après ce que je compris d'un échange aigrelet de propos entre les deux veuves, Stéphanie ne s'était pas remariée afin d'avoir le plaisir de coûter aussi cher à son mari volage que s'il n'avait pas divorcé. La pension, semble-t-il, allait être sérieusement revue à la baisse, sinon complètement supprimée. Autre parole de Marie-Françoise, ponctuée d'un claquement de dentier, que je trouvai à la fois niaise et d'un goût détestable : s'adressant à la cantonade, elle s'écria pathétiquement : « Adieu, mes garçons ! Je ne tarderai pas à vous rejoindre... » Cette pitrerie, de la part d'une personne qui avait été mon épouse, me remplit de honte et m'eût donné l'envie d'être invisible si je ne l'avais été déjà. Me dire adieu quarante ou cinquante ans après ma mort me parut tardif. Quant aux « garçons », ce n'est pas le mot qui me serait venu sous la langue. « Garçon » évoque la jeunesse, l'insouciance, le sport, les caleçons de bain, les canots à moteur, les virées dans les boîtes de nuit. Tout Monmon, en vérité, qui était largement octogénaire et tout moi qui moisissais entre quatre planches.

Ma longue fréquentation du cimetière a fini par m'apprendre que lorsqu'une inhumation dure plus d'une demi-heure, la cérémonie tourne à la réunion mondaine, c'est-à-dire que l'assistance, en ayant terminé avec le macchabée, et jugeant qu'elle a accompli un devoir métaphysique de premier choix, abandonne son air poliment affligé et se met à papoter de choses fort éloignées des fins dernières de l'homme. Cela ne manqua pas à l'enterrement de Monmon pour lequel on n'avait pas lésiné. Trois fourgons des Pompes funèbres barraient l'allée, plusieurs croque-morts entouraient la fosse ou souriaient avec une jovialité discrète, comme des garçons de restaurant se pressant autour d'une table de banquet. Je notai avec une fugitive contrariété que le cercueil était couvert de fleurs. Trois fois plus, au moins, qu'on ne m'en avait offert, à moi, jadis. Les couronnes portaient des inscriptions dont l'ensemble faisait un panégyrique floral du défunt qui était, à en croire les rubans mauves, le plus chéri des présidents, la joie de ses confrères, la providence du petit personnel, la loyauté faite homme d'affaires, etc. L'une des couronnes portait « A mon époux bien-aimé ». Si mes souvenirs sont exacts, je n'avais pas eu droit, moi, à de pareilles effusions conjugales. Quoi qu'il en soit, c'était joli, et même, d'une certaine façon, émouvant, cet entassement de roses, d'œillets, de lys, de reines-des-prés, de dahlias. Cela dégageait une odeur végétale qui pour ainsi dire me déboucha le nez pendant un millionième de seconde.

— Ça sent bon, n'est-ce pas, dit Hadamas qui fut tout à coup présent à côté de moi (ou dont j'avais temporairement oublié la présence).

Comment savait-il que mon odorat, contre toute attente, s'était réveillé durant un instant ? C'était décidément un drôle de zèbre. Cependant, je ne distinguais pas, de sa part, un ascendant sur moi, encore moins une domination. Je pensais bizarrement que sa tristesse permanente et son intellect plus faible que le mien seraient toujours d'efficaces remparts contre les niches qu'il lui prendrait l'envie de me faire. Ce n'était pas présomption ou orgueil de ma part, mais plutôt évaluation objective de nos forces.

Encore une plaisanterie de l'éternité : soudain, il n'y eut plus personne autour de ma tombe sans que je pusse savoir si la mise en terre de Monmon avait eu lieu hier ou un siècle plus tôt. Marie-Françoise nous avait-elle « rejoints » comme elle nous l'avait annoncé ? Pas mal de temps avait passé, toutefois, car la pierre de notre caveau avait pris la teinte grisâtre des anciens monuments désertés par le public. Il y avait de la mousse par plaques entières. Hadamas, en revanche, ne s'était pas éloigné. Je sentais sa présence à une sorte de gêne, de rhumatisme abstrait (si je puis dire) et surtout à une tristesse qui n'avait rien à voir avec le décès de Monmon, lequel décès m'aurait plutôt égayé, vu que je savais, par mon expérience, que ce n'est pas une telle affaire de mourir et qu'on s'en remet à toute vitesse. Qui n'a rencontré au cours de son passage sur terre des gens qui ont un sourire contraint, qui se plaignent de tout, qui font une tête lugubre ! Lorsqu'on aperçoit un raseur de ce genre, on prend aussitôt la tangente. Du moins, c'est ce que j'ai fait toute ma vie. En ai-je semé des pleureurs, des calamiteux, des guignards, des lamentables ! J'étais un virtuose de la dérobade. Avec Hadamas, malheureusement, mon système ne fonctionne pas, mon savoir-faire est en défaut. J'ai la désagréable impression de me sentir relié à lui par une laisse, et qu'à sa façon doucereuse, hypocrite, presque insensible, il me mène comme une mémère à chien conduit son toutou en promenade. Quand je m'éloigne un tant soit peu, je sens que la laisse se raidit. Cela ne manque pas de m'irriter. Peut-être, pour dénouer cette situation, serai-je contraint d'être brutal, sinon grossier, chose absolument contraire à mon tempérament, et que j'ai, me semble-t-il, toujours évitée lors de mon passage sur terre.

— Je te pèse, je m'en rends bien compte, dit Hadamas qui, tout borné qu'il était, avait une réelle sensibilité pour deviner mes humeurs. Tu me trouves crampon. Je te demande pardon. Mais c'est pour ton bien.

Cette formule m'exaspère depuis mon enfance. Y en a-t-il eu des gens qui m'ont voulu du bien pendant soixante-cinq ans ! Je n'étais pas adolescent que j'avais déjà compris que ce qui était bon pour moi n'était jamais ce qu'on me vantait, mais le contraire – ou tout autre chose dont mes bienfaiteurs n'avaient pas le soupçon. Ce qui était « bon pour moi », en l'occurrence, consistait en un certain nombre de révélations dont je n'avais pas la moindre idée et qui allaient, selon toute probabilité, me porter au septième ciel. Cette déclaration me fit la plus mauvaise impression. Elle ressemblait comme deux gouttes d'eau aux boniments publicitaires destinés à persuader le consommateur d'acheter une certaine marque de camembert ou de tampons périodiques. Quelle camelote Hadamas avait-il l'intention de me refiler ? Probablement une camelote de luxe ; en effet, selon lui, le cimetière d'arrondissement où nous étions confinés n'offrait pas un cadre assez grandiose pour l'initiation dont j'allais faire l'objet.

— Je t'emmène dans un haut lieu de la capitale, dit-il, un endroit vraiment digne du destin qui t'attend.

C'était là des paroles amicales, et elles étaient dites avec une évidente sincérité : comment expliquer qu'en les entendant, je me hérissai comme un porc-épic ? Peut-être à cause de leur forme : « un haut lieu de la capitale », « le destin qui m'attend »... Quel jargon ! Je hais les clichés : mon expérience terrestre m'a enseigné que, sous leur apparence anodine ou convenue, c'est autant de mensonges que l'homme se fait à soi-même et à autrui. La réalité n'est jamais semblable aux banalités du langage. Elle est même le contraire. Hadamas ajouta :

— Tu me fais confiance, n'est-ce pas ?

Une apostrophe comme celle-là, venant

après le haut lieu et le destin-qui-m'attendait, était de nature à me faire fuir à l'autre bout du monde. Surtout émise comme elle l'avait été : affectueusement, candidement, virilement, avec un accent protecteur. Néanmoins, au milieu de ces phrases toutes faites et de la répulsion qu'elles me causaient, j'éprouvais une légère curiosité. Quelle confidence Hadamas avait-il en tête de me faire qui nécessitât un haut lieu ? Notons au passage qu'en fait de haut lieu, je m'attendais à n'importe quoi. Les gratte-ciel de la porte d'Italie ou la pyramide en plexiglas de la cour du Louvre, ou quelque horreur récente.

Jusqu'à maintenant mes déplacements dans l'espace étaient le fait de ma volonté ou tout au moins d'un vague désir intérieur de me trouver ailleurs que là où j'étais. Mais il n'en fut pas de même cette fois-ci. J'eus la sensation, quoique je fusse impalpable et qu'aucune manifestation de la matière n'eût le pouvoir de m'affecter, que j'étais enveloppé dans un coup de vent et transporté dans l'espace. J'allais dire que cela ne dura qu'un instant... mais qu'en sais-je ? Tout à coup je me vis sans transition dans le haut lieu d'Hadamas. Le croirait-on : c'était encore un cimetière, mais immense celui-là, couvrant toute la surface d'une colline et contenant sous terre une population de cent mille citoyens de l'Au-delà, sinon le double ou le quintuple. Je reconnus sans difficulté le Père-Lachaise où je m'étais promené trois ou quatre fois jadis et qui est une espèce de musée de la mort. Hadamas n'avait pas tort de juger que c'était un « haut lieu ». Mais un haut lieu macabre, situé à mi-chemin entre le monde visible et le monde invisible. Bien choisi, en somme. Je ne me retins pas de faire la remarque que c'était une drôle d'idée de quitter un cimetière pour aller se balader dans un autre.

— Ce n'est pas n'importe quel autre, répliqua Hadamas. Nous l'avons soigneusement choisi pour t'être agréable. C'est de là que Rastignac lance son défi à Paris dans *Le Père Goriot.*

— Tu as lu Balzac, toi ? m'écriai-je, abasourdi.

— Bien sûr que non. D'abord je ne sais pas lire ; ensuite, je n'en ai pas besoin. J'assimile immédiatement la substance des mots. Tu me dis Balzac ; aussitôt je vois un gros bonhomme prénommé Honoré, qui a toujours besoin d'argent et qui écrit des bouquins. Je peux te réciter la liste de tous ses titres, par ordre chronologique ou alphabétique, comme tu voudras.

Nous étions à l'endroit supposé où s'était tenu Rastignac. Paris s'étendait à nos pieds comme une grosse proie sur laquelle il suffisait de se pencher pour la ramasser. Je n'étais pas au bout de mes étonnements. J'eus une brève hallucination : pendant un éclair, Paris changea de forme et devint New York, puis Rome, puis Londres. Il y eut successivement l'Empire State Building, le château Saint-Ange, Trafalgar Square.

J'aurais volontiers interrogé mon compagnon sur ces phénomènes, mais il avait trop l'air de s'attendre à des questions de ma part, à des cris de surprise, à des exclamations incrédules pour que je lui accordasse ce plaisir. Au contraire, pensai-je, laissons-le mariner. Tout ce numéro qu'il me fait tend à quelque chose. Si je ne bouge ni pied ni patte, il sera bien obligé de faire le premier pas. Il le fit, à sa manière pataude qui me rendait quelquefois sa présence pesante. Il me demanda s'il ne m'arrivait pas, dans mes moments de cafard, d'avoir la nostalgie du bonheur humain. Toujours cette rengaine du « bonheur » ! Cet imbécile n'écoutait rien, ne comprenait rien. Pourtant je lui avais nettement exprimé mon point de vue sur le sujet. Je le refis avec une patience qui, je pense, ne manquera pas d'abréger mon Purgatoire.

Cela donna lieu à une partie de cache-cache extrêmement puérile. Tantôt Hadamas m'offrait une gretchen blonde, à la peau blanche et rose, au sourire enchanteur, amoureuse comme une chatte et voluptueuse à proportion, tantôt, voyant que ces évocations me laissaient de glace, il se rabattait sur la richesse et l'ambition qui, elles aussi, à ce qu'il paraît, procurent des satisfactions surhumaines ; d'où de ma part des numéros de vieux philosophe revenu de tout.

— Pourquoi es-tu si rétif ? finit-il par me demander en voyant que j'étais barricadé de tous les côtés par la dialectique. N'as-tu pas confiance en moi ?

J'allais répondre quelque chose comme « mais si, bien sûr » ou une formule de politesse du même acabit quand je ne sais quel brusque mouvement d'humeur me fit comme malgré moi prononcer des paroles exactement contraires.

— Eh bien non ! dis-je. Puisque tu veux le savoir, non ! Toujours je me suis méfié des gens qui vous apportent la lune sur un plateau. Il est rare que cela ne cache pas une filouterie. Quel est ton but secret avec moi, Hadamas ? Dis-le tout de suite, car je finirai par le trouver moi-même.

Je devrais utiliser plus souvent la franchise, voire la brutalité. C'est bien joli la civilité, la litote, le sous-entendu, l'allusion, la délicatesse, le tact, mais les gens feignent de prendre tout cela à la lettre au lieu de le traduire et cela fait bien leur affaire. Ainsi se trouve-t-on ligoté par des fils qu'on a tissés soi-même. Bref, je n'avais que trop tardé pour arrêter le malentendu qui, je m'en rendais compte clairement, avait grandi entre Hadamas et moi. Courant sur ma lancée, je l'informai que j'avais cessé de croire qu'il était comme moi une âme du Purgatoire, et l'inspiration qui me visitait me fit ajouter (ce à quoi jusqu'alors je n'avais pas pensé) que j'avais compris qu'il agissait selon des ordres reçus. Ce qui me prouve que j'avais touché juste est que soudain je sentis autour de moi, m'enveloppant comme une pèlerine, la tristesse habituelle du personnage.

— Parle donc, ajoutai-je, d'un ton à la fois bourru et engageant qui n'était pas facile à prendre mais que je réussis parfaitement, si j'en juge par la suite de l'entretien.

D'abord je sentis que mes paroles avaient jeté un certain désarroi chez mon compagnon, comme si, étant sûr que tout se déroulait selon ses prévisions, il s'avisait soudain qu'il ne menait plus le jeu. Comment sentis-je ce désarroi ? Impossible à dire. Cela était l'équivalent silencieux d'une fausse note dans une mélodie ou d'un grincement dans une mécanique. En second lieu, je m'attendais à une réponse quelconque, indignée, mordante, approbative, piteuse, désagréable, mais enfin, une réponse. Or rien ne vint. Hadamas était muet comme un gamin surpris en train de faire une bêtise ou un subalterne à qui on a donné des directives et qui se trouve inopinément devant une situation non prévue dans le plan des opérations. Je sentis que si je poussais ma pointe, j'allais apprendre quelque chose que je soupçonnais, mais que je refusais, par

Dieu sait quelle pusillanimité, de m'avouer nettement à moi-même.

— Cessons de nous mentir, Hadamas, dis-je avec une certaine chaleur amicale dont je vis qu'elle le rassurait. Tu sais comme moi que cela ne sert à rien et que nous nous retrouverons tous les deux forcément devant la vérité. On retarde la vérité, on sème des obstacles sur la route qui mène à elle, on plante de faux poteaux indicateurs pour égarer le voyageur, on déverse des tonnes de fumigène, mais on finit toujours par arriver au vénérable puits où gîte la vérité. La seule différence, pour parler comme sur la terre, est que cela prend dix ans au lieu de cinq minutes.

— Tu as raison, soupira Hadamas, comme un militaire qui capitule parce qu'il ne croit plus à la victoire et parce qu'il ne reçoit pas d'ordres du quartier général. D'une certaine façon, je t'ai méconnu. Avec toi je me suis conduit comme avec n'importe qui. Je t'ai longuement préparé à la vérité dont tu me parles. Mais tu n'es pas n'importe qui. Me croiras-tu ? Je me suis attaché à toi à mesure que je te sentais réfractaire à mon influence.

Quelle influence ? Je voudrais bien savoir

quand cette influence s'est exercée, moi tantôt y acquiesçant, tantôt y résistant ? Au contraire, toujours j'ai tenu Hadamas pour un raseur et, selon le mot de Stendhal : « un demi-sot ». Ce n'est pas le genre de farceurs dont j'écoute pieusement les niaiseries. Là-dessus, il se lança dans une longue histoire dont il ressortait qu'il avait été mandaté expressément pour me tenir compagnie « là où j'étais » et, lorsqu'il jugerait le moment venu, me faire des propositions enivrantes.

— Je suis le serviteur (l'humble serviteur) d'un Maître très important, très puissant, qui s'intéresse spécialement à toi, dit-il avec respect, voire une certaine solennité.

En écoutant cette révélation, je me demandai de nouveau comment Hadamas avait pu s'imaginer qu'il m'avait influencé. Ou bien alors, s'il l'avait fait, c'était négativement. Je veux dire par là qu'à peine ouvre-t-il la bouche (manière de dire), je suis envahi par l'esprit de contradiction. Même si je conviens qu'il a raison, je ne peux m'empêcher de le contredire. La tristesse qui émane de lui est pour beaucoup dans cette attitude. Du temps que j'étais vivant, j'avais fait une remarque précieuse : que quelques idées justes chez un homme qui pense globalement faux cessent d'être justes. Cela s'appliquait exactement à Hadamas : je voyais en lui quelque chose de faux, d'intrinsèquement erroné, qui me poussait à rejeter tout ce qui venait de sa personne, le bon comme le mauvais, la vérité comme le sophisme.

En l'occurrence, le Maître « très important et très puissant » m'inspira plutôt de la méfiance que de l'émerveillement. Je ne sais quoi de profond, d'irrationnel me soufflait que ce ne devait pas être une puissance bienfaisante, n'en eût-il été pour preuve que le voile de tristesse qui tomba encore sur moi lorsque Hadamas évoqua cet être surnaturel. L'évocation d'une puissance bénéfique rend gai, pensais-je, donne envie de rire, de s'amuser de tout, dans un monde comme dans l'autre. La tristesse est caractéristique du mal. J'avais observé cela souvent dans la vie : les bandits, les assassins, les individus habités par de noirs desseins, menés par la haine ou l'avarice, irréconciliables avec les hommes et la nature, n'ont jamais un moment d'insouciance heureuse dans le cœur. De là un visage fermé, aux traits tombants, à la bouche amère, et une présence affreusement lourde.

— N'en as-tu pas quelquefois assez d'être mort ? me demanda Hadamas.

Question à la fois étrange et saugrenue. Que répondre ? C'était vrai pourtant qu'il m'arrivait de regretter la terre et ses plaisirs. J'aimais bien respirer, nager, courir, manger, boire du vin, caresser une femme, et diverses autres choses que l'on ne peut faire que si l'on possède une peau recouvrant des muscles. Dans certains moments de solitude, la matière me manquait. Si un Maître « important et puissant » m'avait offert de me revêtir pour quelques jours d'un corps humain comme d'un pardessus, j'aurais peut-être accepté. Quoique j'aime bien mon état actuel, une villégiature dans ce qu'on appelle « Ici-bas » me distrairait. On se lasse de tout, même de l'Au-delà !

— Tu vois ! s'écria Hadamas qui lisait dans mon cerveau invisible. Tu as beau jouer à l'insouciant, tu penses comme moi. Un peu de changement n'a jamais fait de mal à personne. Si tu me le demandes, je pourrai t'arranger la chose. Cela ne devrait pas être bien difficile.

J'ai l'autorisation de t'informer que le Maître est d'accord. Tu dis un mot (pas même un mot : tu fais un signe avec tes paupières invisibles) et hop ! te voilà de nouveau réinséré dans le temps, au milieu de ceux que tu appelais autrefois tes « semblables », habillé de chair, d'os, de muscles, le tout recouvert d'un costume trois-pièces, doté de tes cinq sens, titulaire de deux jambes pour te porter d'un point à un autre...

Hadamas, en me débitant cette harangue, avait un air faux et zélé qui aurait eu pour effet de me rendre méfiant si je ne l'avais pas été déjà. Je notai qu'il avait oublié de me révéler ce que son grand Maître puissant et lointain attendait de moi en échange de ses complaisances. Car il attendait quelque chose sur quoi l'on se taisait pudiquement, j'en étais sûr.

— Le Maître ne demande rien, dit Hadamas avec une ferveur que je jugeai excessive. Il n'exige rien, il ne te fait rien signer, il ne te réclame aucun serment. Il t'offre un séjour sur la terre comme un riche seigneur invite quelqu'un qui lui est sympathique à passer deux ou trois semaines dans son palazzo à Rome. Il n'y a pas à chercher au-delà.

Les marchés se concluent partout et pourquoi pas au Purgatoire comme sur la terre ? J'étais intimement persuadé qu'Hadamas, avec ses nobles boniments, me menait en bateau. Si j'acceptais les bienfaits de son grand Maître, il y aurait assurément quelque chose à donner en retour. Mon expérience m'a appris qu'on paye toujours ces sortes de gracieusetés beaucoup plus cher qu'elles ne valent. Bref, avant de toper, il faut faire son prix, sous peine d'être floué.

— Je te jure que le Maître ne veut rien, dit Hadamas, répondant à mes pensées.

— Rien, vraiment rien ?

— Peu de chose.

— Mais encore ?

— Tout juste, à l'occasion, une pensée amicale pour lui qui ne t'aura fait que du bien. Et puis quoi, ajouta-t-il, nous n'avons rien décidé encore. Nous causons. Il y a une chose dont tu peux être sûr : c'est que personne ne te forcera la main. En toute circonstance tu garderas ton libre arbitre. Le Maître est très pointilleux là-dessus. Il n'attire pas ses amis par des promesses ou des cadeaux, il veut qu'ils viennent à lui de leur propre mouvement, que ce soit sa mansuétude, son rayonnement, son intelligence qui les attirent. Il n'accepte dans son privé que ceux qui n'ont pas pu s'empêcher de lui murmurer, vaincus par sa magnanimité : « Maître, je me donne à toi. » Tu vois, tu n'as rien à redouter. Quoi qu'il t'arrive, c'est toi qui en seras le seul responsable.

Cette dernière phrase qu'Hadamas avait dite, je pense, pour me rassurer tout à fait, me fit l'effet contraire. J'y vis pendant un instant l'équivalent prophétique et métaphysique de la célèbre exclamation d'un personnage de Molière : « Tu l'as voulu, George Dandin ! » Pourvu, pensai-je, que je n'aie jamais à me lamenter de la sorte, ce qui pourrait bien arriver si je continue à prêter l'oreille aux beaux parleurs.

Je continuai à la prêter cependant, malgré moi. Derrière ce que disait muettement Hadamas, j'entendais une musique qui me clouait sur place, qui m'envahissait, qui me donnait une irrésistible envie de connaître la suite des motifs et des arabesques, comme il arrive lorsqu'on écoute une sonate particulièrement captivante de Mozart ou de Beethoven. Que disait la sonate ? Des choses qui me paraissaient assez justes et raisonnables malgré leur apparence surprenante, à savoir que, pour certaines âmes plus fortes ou plus hautes que les âmes du commun des hommes, une seule vie n'était pas suffisante, qu'il en aurait fallu deux au moins pour accomplir un grand destin ou une grande œuvre. La première vie eût été en quelque sorte un temps d'apprentissage, la seconde le temps des réalisations et des triomphes. Quand on pense à ce qu'auraient pu faire certains rois animés par l'amour des peuples et assassinés par des fanatiques, certains artistes morts avant d'avoir connu la gloire à laquelle ils avaient droit, on en pleurerait.

A le considérer froidement, tout cela n'était qu'un tissu de puérilités, de la métempsycose à l'usage des ratés, mais je ne m'en apercevais pas. Au contraire, j'étais frappé d'un sortilège ; tout ce que j'entendais me semblait l'évidence même, la vérité la plus incontestable, la chose au monde la plus souhaitable. Le sens critique, par chance, ne tarda pas à me secourir, sous la forme de deux héros de l'*Iliade*, le bouillant Achille, tué d'une flèche à la fleur de l'âge, et le vénérable Nestor qui était nonagénaire ou davantage lors de la guerre de Troie. Le plus illustre des deux est évidemment Achille. Quant à Nestor, dont on peut dire que les dieux de l'Olympe lui avaient offert une double ration d'existence terrestre, puisqu'il « régna sur trois générations », il n'est plus connu que de quelques vieux hellénistes.

— Je suis du parti d'Achille ! déclarai-je avec énergie, comme une bigote fait le signe de croix pour chasser une de ces rêveries lascives que les théologiens appellent de la « délectation morose », sans me soucier d'interrompre les contes de fées d'Hadamas, lequel en resta, si j'ose dire, comme deux ronds de flan.

Ainsi que je m'y attendais, il ne comprit rien à cette interruption. Il fallut tout expliquer longuement et en détail, exposer le cheminement logique que j'avais suivi ou, si l'on préfère, l'évidence qui s'était imposée à moi tandis qu'il me servait ses couillonnades. Pour bien me faire comprendre, j'appelai à la rescousse Mozart, Schubert, Chopin, Raphaël, Géricault, tous morts vers trente ans, sans parler des jeunes héros tombés à la guerre, à commencer par le petit Bara, tué à quatorze ans, en battant la charge sur son tambour.

— Voilà des destins qui n'ont pas eu besoin d'un coup de main métaphysique pour s'accomplir, conclus-je.

— Cela se peut, dit Hadamas, mais sincèrement, crois-tu que si j'étais apparu à ces messieurs au moment fatidique, à la seconde où ils allaient expirer et que si je leur avais dit : « Cette mort-là compte pour du beurre, vous avez une seconde vie qui vous attend, allez, debout ! », oui, si je leur avais dit quelque chose dans ce goût-là, crois-tu qu'ils m'auraient envoyé promener, qu'ils auraient éructé dans un dernier râle « *Vade retro*, Hadamas » ? Soyons sérieux, cher Olivier, ils auraient accepté avec gratitude, ils auraient été enchantés comme un voyageur perdu qui voit tout à coup une lumière briller dans la nuit...

— Pas sûr, dis-je. Dans cette affaire, il y a une chose dont tu ne tiens pas compte parce que tu ne la connais pas : c'est qu'à l'approche de la mort, on est envahi par une grande acceptation. Un moment vient à partir duquel on s'en fout. Enfin non, on ne s'en fout pas complètement, on éprouve une certaine curiosité pour ce qui ne va pas tarder à suivre, car tout le monde, au fond du cœur, a l'intuition que ce n'est pas le néant, le rien, le degré zéro de l'être qui nous attend, mais quelque chose de reposant enfin, et d'heureux. Quant à Mozart, Achille et consorts, je suis convaincu qu'ils avaient compris, malgré leurs trente ans, que leur œuvre était faite, tout au moins l'essentiel, et qu'il n'y avait à peu près rien à ajouter. Ils avaient été jusqu'au bout d'eux-mêmes, jusqu'au bout de leur destin. Y compris le petit Bara qui était un enfant et qui, s'il avait vécu, aurait eu la vie de n'importe qui.

Hadamas me rétorqua que la vie de n'importe qui, c'était encore la vie, et qu'avoir cette vie-là, c'était mieux que d'être ce que nous étions : des feux follets, des vitres transparentes, des morceaux de vent. Un homme, une femme, même médiocre, même insignifiant, laisse une empreinte sur la terre, tandis que nous errons dans on ne sait quel espace où nous avons l'illusion d'être seuls ; nous sommes quasiment abstraits.

— Est-ce que tu te rends compte du présent que le Maître daigne te faire ? En t'offrant un second séjour sur terre, il te donne ce qu'il y a de plus surprenant, de plus inconcevable dans la foi chrétienne ; ce que les croyants les plus convaincus peinent à imaginer : la résurrection de la chair. Depuis combien d'années es-tu mort ? Qu'es-tu devenu dans ton coffret en bois des Iles ? Trois douzaines d'os blanchis, fragiles comme du plâtre. N'importe quel guerrier mérovingien enterré avec son épée, son casque, son bouclier et sa cuirasse serait plus frais que toi. Et voilà que par un délicieux miracle, tes os se raccrochent les uns aux autres, se remplissent de moelle, redeviennent durs comme des barres de fer, se recouvrent de viande, que ton système nerveux se remet en place avec ses ramifications jusqu'au bout des doigts de pied, que ton crâne vide accueille ton bon vieux cerveau grâce auquel (j'en suis bien conscient, crois-moi) tu es tellement plus intelligent que je ne le suis. Et que cet excellent crâne qui, pour le moment, est poli comme une boule de billard, se couvre de cheveux, végétation qui, je pense, te surprendra agréablement car lorsque tu es mort, tu étais plutôt dégarni dans ce domaine. Attends, ne m'interromps pas. Je n'ai pas fini. Tu feras du vélo pour te fortifier les mollets, tu fumeras deux paquets de cigarettes par jour. Je ne te parle pas des femmes. Le Maître, si je le lui demande de ta part, te conférera une séduction à laquelle aucune ne sera insensible. Pour ce qui est de ta carrière et de ta réussite dans le monde, ne te fais aucun souci. Tu seras en toute occasion protégé. Tu n'auras ni épreuves ni chagrins. Peut-être des déceptions par-ci par-là, mais jamais graves et qui ne te rendront tes réussites que plus agréables par comparaison.

Une des faiblesses d'Hadamas est la prolixité. C'est un bavard. Il aime parler ou plus exactement, comme on disait sur la terre, « communiquer ». Il a les deux vices des bavards : il délaye et il radote. Il doit penser que ses discours agissent à la manière du poison avec lequel les araignées anesthésient les mouches qu'elles veulent attraper. Mais c'est l'inverse qui se produit, du moins en ce qui me concerne. J'écoute ce qu'il débite comme on lit un roman médiocre, en sautant deux lignes sur trois. Cela me permet de peser ce qu'on veut me faire accroire et, le cas échéant, de préparer une riposte. Il faut avouer que son histoire de résurrection de la chair était impressionnante. Quelle âme un tant soit peu croyante n'a rêvé de cette extraordinaire résurrection, sans trop y croire, bien qu'elle soit mentionnée expressément dans le Credo ? Pour ma part, je ne suis jamais arrivé à accepter complètement ce mystère-là alors que je m'accommode très bien de tous les autres mystères du christianisme. Et voilà qu'on me l'offrait, cette résurrection de la chair, qu'elle était à portée de ma main, que je n'avais qu'un mot à dire pour en être le bénéficiaire ! Quelle tentation !

Pendant que je raisonnais ainsi dans mon for intérieur, j'entendais, Dieu merci, genre fond musical, Hadamas qui exécutait des variations sur son thème, comme un musicien classique fait des *concetti*. Un autre phénomène contribua à me remettre le caractère en place, ou à calmer mon excitation métaphysique, c'est qu'au lieu que la résurrection de la chair me causât une joie surhumaine, une félicité véritablement céleste, elle me remplissait de tristesse. Et c'était un genre de tristesse que je commençais à bien connaître ou plutôt à bien *reconnaître* : celle que répandait Hadamas autour de lui, qui lui était spécifique comme une odeur animale dégagée par un chien ou un fauve. Il n'était pas possible qu'une « bonne nouvelle », et surtout la plus enivrante des Bonnes Nouvelles, s'accompagnât ainsi d'un sentiment de complet désespoir. Contradiction fondamentale ! Comme il m'arrive souvent, ma parole en tira la conclusion plus vite que ma pensée.

— Ta résurrection de la chair, dis-je à Hadamas, c'est de la blague, c'est un attrape-nigaud. Il ne faut pas voir plus loin que le bout de son nez pour être édifié. Combien de temps terrestre dure-t-elle, cette magnifique résurrection ? Quatre-vingts ans, quatre-vingt-dix ans ? Autrement dit un instant, une seconde, l'espace d'un clin d'œil, et tout est de nouveau comme avant : je redeviens trois douzaines d'os blanchis dans un coffret en bois des Iles. Merci pour la résurrection au rabais. Je ne suis pas preneur.

— Le Maître peut, s'il le veut, t'octroyer deux vies et non une seule. Nul ne le sait, mais il l'a déjà fait. Tu aurais la possibilité de négocier une troisième vie, sous certaines conditions. Il y aurait de ta part des garanties à fournir, des engagements à prendre, une certaine obéissance à faire quelques broutilles qu'on t'assignerait. Rien de bien important, rassure-toi. Dame ! Trois vies pour un seul homme, trois destins, deux cent cinquante ans environ de respiration, c'est un fameux prêt, non ? Le banquier le plus généreux – et le Maître est le plus généreux de tous les banquiers – ne peut pas se dispenser de demander une reconnaissance de dette.

Les bavards, inévitablement, à force de parler, d'enfiler des mots les uns derrière les autres, de se laisser aller à la passion de meubler le silence, finissent par se trahir. Les garanties, la reconnaissance de dette ; le plus généreux des banquiers... Tout cela me parut des plus inquiétant.

— Ne te fatigue pas, dis-je. Je ne veux pas de ta résurrection en solde. J'attends la vraie, l'éternelle, celle qui n'aura jamais de terme, qui fera de moi pour toujours un corps glorieux. Elle me sera donnée et non vendue. Tout ce que tu me proposes finit sous terre, tôt ou tard, en compagnie des asticots. Si tu veux mon avis, je trouve le prix à payer exorbitant.

Je distinguai un léger désarroi chez Hadamas. Il appartenait à cette catégorie d'escrocs que je qualifierai de sincères, lesquels, à force de les vanter, croient à moitié à leurs coquineries et sont presque offusqués si on leur montre qu'on n'est pas dupe. Je me figurai le visage dépité d'Hadamas derrière son invisibilité et j'en éprouvai de l'amusement : il me sembla que j'avais remporté un avantage sur quelqu'un qui était un peu plus un adversaire qu'un ami, comme de gagner une manche dans une partie de tennis. J'avais la certitude que je plaçais ou renvoyais mes balles avec plus de force et de précision que lui.

— Il y a une chose que je ne t'ai pas révélée, reprit-il, et qui, tel que je te connais (ou tel que je te devine), t'intéressera. Le Maître qui te connaît mieux que moi et mieux que quiconque dans l'univers, est prêt à faire un miracle pour exaucer un désir que tu as toujours eu au fond du cœur, une curiosité que tu éprouvais déjà quand tu étais enfant et que tu as par la suite étayée par une quantité d'arguments historiques, politiques, artistiques, et même sociologiques.

Pour le coup, c'est Hadamas qui remporta la manche. J'en fus averti par un frisson qui parcourut ma carcasse transparente et une sensation qui était la transposition de la tremblote en termes d'éternité. Je pressentais ce que mon tentateur familier allait me proposer et j'en étais bouleversé d'avance car c'était précisément la réalisation d'un rêve qui m'habitait depuis mon âge le plus tendre. A six ans, à huit ans, je me lamentais déjà d'être né dans le pire siècle que l'humanité ait connu : le XXe et non au Moyen Age ou sous Louis XIII. Plus tard c'est autre chose que je regrettai dans le passé et que j'aurais tant aimé : les époques où la France dominait le monde, tant par la force que par l'esprit. Je ne me consolais pas de n'avoir pas été le contemporain des charmants Français d'autrefois mais de l'être de la peuplade moutonnière, colonisée, illettrée, sectaire qu'ils sont devenus.

— Tu serais d'un chic renversant, habillé à la mode de Louis XV, avec des bas de soie, une redingote, la perruque poudrée à catogan... Un vrai pastel de La Tour ! dit Hadamas avec une nuance de gourmandise qui me fit presque peur – ce n'était fichtrement pas le moment d'être distrait. Tu ne serais pas mal non plus en pourpoint avec une longue rapière au côté, un chapeau orné d'une plume de coq, le cheveu coupé au bol. Ce que je veux te dire – mais tu l'as déjà compris – c'est que le Maître, pour peu que tu en exprimes le désir, t'offre pour ta résurrection la période de l'histoire du monde dont tu as envie. Il ne tient qu'à toi d'être un Florentin du Quattrocento, un ami de Michel-Ange et de Benvenuto Cellini. Et pourquoi pas Michel-Ange lui-même ?

Voilà les bavards ! Il faut toujours qu'ils fassent « bon poids », qu'ils rajoutent une ou deux phrases contredisant ou même démolissant ce qu'ils ont dit précédemment. J'en étais à me demander si mon allégeance au grand Maître si puissant et si important n'était pas après tout une chose à envisager. Quelle expérience fabuleuse que de vivre à une époque historique de mon choix ! Cela valait peut-être de se lancer dans l'inconnu. Depuis que j'avais fait la connaissance d'Hadamas, rien ne m'avait fait autant vaciller, n'ayons pas peur des mots : rien ne m'avait à ce point *tenté*. Je sentais en moi une volonté de dire oui très forte, très instante, presque pénible à force d'être repoussée. Et patatras, une parole de trop me remet les idées en place. Quelle bêtise de me dire que je pourrais être Michel-Ange lui-même ! Cela ne se peut pas. Michel-Ange est un personnage réel qui a vécu de telle date à telle date, qui est un des grands génies qui ont marqué l'humanité. Comment changer quelque chose à cette situation ? C'est impossible. Le Maître lui-même ne peut pas agir sur le passé des hommes. Seulement sur le présent ou sur l'avenir. Le passé est inscrit dans le temps terrestre qui, de la sorte, rejoint incompréhensiblement l'éternité. En fait, ce que l'on m'offrait n'était qu'une illusion consistant, par un tour de magie, à superposer un destin imaginaire à l'histoire réelle. Autrement dit, à faire du cinéma. La résurrection selon le Maître et son attaché de presse, c'était un film en costumes, une « grande fresque » en technicolor, avec Olivier grimé dans le rôle de Michel-Ange. Celui-ci ayant vécu quatre-vingt-neuf ou quatre-vingt-dix ans, je suppose que le spectacle durera le même temps. Mais qu'arrivera-t-il quand le film sera terminé ? Quand les trois lettres du mot « fin » se seront inscrites sur l'écran comme un faire-part nécrologique ? On rallumera la lumière, le bon Olivier sera Gros-Jean comme devant et l'authentique Michel-Ange n'aura pas bougé des histoires de la peinture ni des encyclopédies.

Ces pensées criaient si fort en moi qu'Hadamas devait en percevoir le bruit. Je suis à peu près sûr qu'il saisit le mot de « cinéma » qui m'emplissait la tête car il fit une action requérant la quasi-totalité de ses pouvoirs et dont le but était de me faire saisir la puissance effective de l'Autorité dont il était le représentant. Il prononça une incantation qui dura une dizaine de minutes et de laquelle, quoiqu'elle fût muette, je ne perdis pas une parole, ce qui ne m'avança guère car je ne comprenais pas un mot de ses psalmodies. C'était une langue très ancienne, du chaldéen peut-être, ou de l'hébreu biblique. Nous nous trouvions alors à l'endroit le plus élevé du Père-Lachaise, d'où nous avions une vue presque panoramique des lieux en dépit de l'obscurité qui noyait le paysage. Toutes les pendules de Paris marquaient minuit. On les entendait sonner aussi bien dans les maisons des particuliers que dans les clochers des églises. Mon ouïe avait en cet instant une extraordinaire acuité. Je saisissais des tintements cristallins provenant d'appartements lointains, place de la République, sinon boulevard Montmartre. Ce vacarme, assez joyeux en somme, dura quelques minutes, certaines horloges retardant tandis que d'autres avançaient. Le silence revenu, un autre bruit m'enveloppa. Autant le son des cloches m'avait paru gai, autant me mirent mal à l'aise les raclements qui suivirent, les frôlements, les murmures incompréhensibles, les présences à la fois impalpables et insistantes. Si je n'avais été un esprit sans matière, j'aurais comparé ce que j'éprouvais à des étouffements, pis encore à une crise de fièvre comme en ont parfois les moribonds avant d'entrer en agonie. Tout était douloureux dans mon être abstrait, tout m'était *contraire* comme dans un supplice raffiné qui ne laisse aucun endroit du corps sans souffrance.

— Tu n'as pas l'air dans ton assiette... dit Hadamas d'un ton mi-amical, mi-ironique qui m'agaça doublement.

— Nous sommes au milieu d'une foule, répliquai-je. J'ai horreur de la foule. Je suis agoraphobe. Tu le sais très bien. Pourquoi as-tu fait venir tous ces gens-là avec ton numéro de marabout ? Si c'est pour m'en mettre plein la vue, c'est raté. Ça me flanque la nausée mais ça ne m'épate pas.

Il paraît que j'aurais dû être épaté quand

même, car tous ces êtres autour de moi étaient des morts sortis de leur caveau à l'appel d'Hadamas. Ils étaient venus parce que quelque chose d'obscur ou de secret les liait au grand Maître si puissant et si important. Ils dormaient d'un sommeil sans rêve comme ils l'avaient demandé, pour la raison que rien dans leur vie, acte ou sentiment, ne leur avait semblé digne d'être conservé par la mémoire ou parce qu'ils estimaient qu'il n'y avait aucun coin de leur âme qui leur fût agréable à contempler. Et Hadamas les avait réveillés pour Dieu sait quelle raison. M'impressionner par sa puissance, peut-être, ce qui serait une preuve supplémentaire de bêtise. Depuis que nous nous connaissons, il devrait savoir que ce genre de fantasmagorie macabre me ferait plutôt rire. Je ne saurais dire combien d'occupants du cimetière étaient là, une centaine peut-être. Je ne peux pas affirmer que je les voyais, mais ils n'étaient pas non plus complètement invisibles. Il me semblait les apercevoir derrière un voile transparent qui estompait leurs contours et rendait flous leurs visages, ce qui n'empêchait pas de distinguer ces visages et d'être frappé par leur expression de désespoir. Il y avait dans ce rassemblement de spectres un côté pittoresque que j'eus garde de négliger : c'est qu'ils étaient vêtus à la mode de leur temps. Enfin, vêtus, c'est beaucoup dire. Pour avoir passé cent ans ou plus sous la terre, leurs beaux atours avaient pris des allures de serpillières.

— Je t'offre quelque chose d'unique, dit Hadamas, quelque chose qu'on n'avait pas vu depuis trois siècles pour le moins. Toi qui es si féru de ce que vous, les hommes, appelez « le passé », tu seras content. Je reconstitue pour toi une de ces belles cérémonies que l'on appelait *Nuits de Walpurgis*, qui n'étaient pas du tout des sabbats de possédés et de sorcières comme le colportaient les populations crédules, mais des réunions très bienséantes de philosophes des deux sexes ayant choisi de penser librement sur tous les sujets, y compris la grande question du bien et du mal, plutôt que de répéter les idées acceptées par les esprits vulgaires.

En contemplant ces figures atroces qui m'entouraient, je me demandais quelle notion du bien avait pu se nicher derrière ces faces d'oiseaux de proie, de porcs, d'hyènes, de lézards. Hadamas qui, à ce moment, lisait sans doute dans mes pensées, me répondit d'un ton dogmatique, comme un pédagogue qui prend soin de bien séparer les syllabes les unes des autres afin de montrer à ses élèves qu'il s'agit d'une leçon importante :

— Le bien et le mal n'existent pas. Le bien et le mal sont les deux faces inversées d'un même principe. Au fond, ce n'est que des mots. On s'en sert pour qualifier les forces qui façonnent le monde. Elles ne sont pas antagonistes mais complémentaires. La seule différence est que ce qu'on appelle le mal est plus avantageux que le bien, ou mieux rémunéré. Le Maître du Mal a une plus grande influence sur le monde que le Maître du Bien, et cela se comprend sans peine : c'est qu'il récompense fastueusement ceux qui le servent. Il leur donne la longévité, la puissance, la richesse, la réussite dans leurs entreprises, le luxe, la séduction, l'amour, et ce qui vaut encore plus que tout cela, la tranquillité de la conscience. Ils s'absolvent eux-mêmes à chaque minute de leur vie. Le Maître du Bien est tout le contraire. Il demande sans arrêt l'impossible à ses zélateurs, jusqu'au martyre. La pauvreté et la chasteté sont ses moindres exigences. On ne parvient à lui plaire qu'en s'accusant des pires noirceurs, même si on ne les a pas commises. Il y a des fous qui se fouettent jusqu'au sang pour lui faire plaisir. Enfin, lorsque tu as besoin d'une petite aide surnaturelle pour sortir d'une situation désespérée et que tu la sollicites humblement, le Maître du Bien devient subitement sourd et te laisse te débrouiller tout seul, sous prétexte que c'est ta foi qui est ainsi mise à l'épreuve. Le Maître du Mal n'abandonne jamais ses amis. Chaque fois qu'on fait appel à lui, il est là, il arrange tout, il dénoue tout, il ramène la tranquillité, le bonheur, la confiance en soi, l'optimisme qu'on éprouve lorsque la chance, après vous avoir abandonné quelque temps, se remet à sourire. Un des titres auquel le Maître du Mal tient tout particulièrement est « Prince de ce monde ». Quand on l'appelle ainsi, on sous-entend que c'est lui, et non l'autre, qui règne effectivement sur les hommes, qu'il les a conquis, et qu'ils sont devenus ses obéissants sujets.

Je m'attendais au vieil argument des athées : si Dieu est tout-puissant, pourquoi permet-il les catastrophes, les tremblements de terre, les guerres, les horreurs en tout genre, mais cela ne vint pas. Hadamas trouvait sans doute cet argument un peu simpliste et éculé. Sans compter que je pouvais le lui renvoyer sous la forme suivante : combien d'hommes se sont torturés, entre-tués, massacrés, etc., depuis que le Prince de ce monde les gouverne ? Question intéressante pour quelqu'un qui fait jouer tous les ressorts de la tentation ! Car je suis bel et bien l'objet d'un siège en règle. Je m'en doutais depuis un bon moment déjà mais je ne sais quelle sympathie pour mon tentateur me retenait d'en convenir tout à fait avec moi-même. Le mal, le diable, le malin, l'ange des ténèbres, les suppôts de Satan (ce qu'était évidemment Hadamas), cela existait donc ? Cela n'était pas de la pure superstition ? Je n'ai jamais eu l'esprit commerçant mais il m'apparut en l'occurrence, avec une grande clarté, que l'on voulait m'acheter une chose que je possédais et à laquelle je n'attachais pas beaucoup de valeur mais qui vaudrait toujours plus cher que les fortunes qu'on me proposerait. Cette chose-là était mon âme. Mon seul bien, après tout. C'est d'ailleurs le seul bien de tout homme et je suis toujours surpris par la facilité dont on en dispose ou, plus exactement, par l'illusion d'optique dont sont victimes la plupart des gens : ils font tout passer avant cette pauvre âme si précieuse. Ah ! Inconséquent Olivier ! Moi aussi, j'ai failli la vendre, mon âme, tout à l'heure, pour deux ou trois petits voyages dans le temps, ou tout au moins j'ai joué avec l'idée de la vendre, ce qui est le début de la transaction.

— Je déclare la Nuit de Walpurgis ouverte, s'écria Hadamas silencieusement mais non sans emphase. Que nos fêtes, nos travaux, nos cérémonies, nos ébats commencent !

Nourri de littérature et de poésie comme je l'étais, un peu kabbaliste par dilettantisme, adepte de Cazotte, de Goethe, de Nerval, de Hoffmann, j'avoue que j'étais assez émoustillé par la perspective d'assister en spectateur innocent à la bamboula rituelle des agents lucifériens. Je fus bien déçu : il ne se passa rien sinon que je perçus une espèce de balancement cadencé chez les êtres qu'Hadamas avait extraits de leur néant, comme s'ils suivaient le rythme de quelque musique élémentaire. Cela ressemblait plus à une danse nègre qu'à une valse de Strauss. Les spectres formaient une haie comme des arbustes agités par le vent.

Malgré leur air sinistre, malgré la haine, l'envie, l'avarice, l'orgueil, la férocité et tous les vieux sentiments humains peints sur leurs faces que je pouvais voir assez clairement, je ne sentais aucune onde maléfique circuler d'eux vers moi. Cent ans de sommeil dans la tombe les avaient sérieusement anesthésiés. A moins que cette longue catalepsie ne les ait privés de leurs pouvoirs. La scène n'avait rien de drôle ; elle était même assez lugubre, mais elle ne dégageait aucune tristesse. Contrairement à ce qui arrivait d'habitude avec Hadamas, elle avait même quelque chose de burlesque qui me fit éclater de rire.

— Ta Nuit de Walpurgis n'est pas un succès, dis-je. Tu n'as pas assez fait répéter tes figurants. Ils ne pensent qu'à dormir, les pauvres. Renvoie-les dans leur dodo.

— J'ai fait une erreur, reconnut piteusement Hadamas. J'ai oublié que les Nuits de Walpurgis ont lieu avec la collaboration des vivants, non des morts. Le cimetière du Père-Lachaise, en outre, n'y est pas propice. J'aurais dû m'en douter. Ne serait-ce que parce qu'il est situé en France, à Paris, ville de mécréants et d'athées. Le théâtre idéal est une montagne allemande, un ciel plein de nuages, la pluie qui menace constamment et ne tombe jamais. Il faut aussi des animaux, des coqs, des boucs, des chats noirs...

— Et il faut autre chose encore, l'interrompis-je : il faut une autre époque que la nôtre où tout s'est gâché, détérioré, dévalué, où il n'y a plus de souvenirs, plus de naïveté. Et qui a façonné ce monde-là, où l'on ne peut plus compter sur personne, pas même sur les morts, sinon ton Prince ! C'est assez cocasse quand on y pense : le grand Négateur va finir par se nier lui-même !

— Tais-toi, murmura Hadamas d'un ton effrayé. Il ne faut pas dire des choses pareilles. Pas même les penser.

J'avais grande envie de lui demander si nous étions sur écoute téléphonique mais je m'abstins, trouvant la plaisanterie trop facile, pour ne pas dire vulgaire. Du reste, j'en savais la réponse : oui, nous étions constamment entendus et nos moindres paroles jugées comme des actes. J'étais davantage occupé par l'observation d'un phénomène inédit et dont je devinais vaguement qu'il avait une signification secrète : c'est que depuis un morceau d'éternité (ou depuis un bon moment, en langage temporel), Hadamas n'exsudait plus la tristesse ou, du moins, que cette exsudation n'arrivait plus jusqu'à moi. Vu toute la peine qu'il s'était donnée pour organiser sa Nuit de Walpurgis, j'aurais dû normalement et en dépit de ma curiosité être triste comme un bonnet de nuit, le cœur ravagé de chagrin, l'intellect desséché par le désespoir ou, plus exactement, le défaut d'espoir. Or je ne distinguais rien de tout cela en moi, mais au contraire une gigantesque allégresse qui ressemblait aux moments de joie, irrépressibles comme des fous rires, qu'on a inopinément à vingt ans, lorsque le corps est plein de force, de ressort, d'impatience, de fraîcheur et l'esprit insoucieux de tout. J'ai connu de ces états-là quand j'étais un jeune mortel qui marchait sur la terre victorieusement, comme s'il était le premier à poser son pied sur cette vieille terre qui avait été la propriété de milliers de générations avant lui.

Je perçus chez Hadamas un tel découragement que j'eus presque pitié du pauvre garçon, en dépit de toutes les tentatives d'escroquerie spirituelle auxquelles il s'était livré à mon endroit. Je ne suis pas rancunier en général. A plus forte raison lorsque je sors vainqueur d'une compétition. J'éprouve de la compassion pour l'adversaire sur lequel j'ai eu l'avantage, plutôt que de la vindicte. En ce qui concerne Hadamas, j'étais sincèrement désolé à la pensée des châtiments qui l'attendaient pour n'avoir pas réussi à me circonvenir, comme on lui en avait confié la mission. D'après ce que j'avais cru comprendre, le grand et puissant Maître ne devait pas avoir beaucoup d'indulgence pour les auxiliaires qui perdaient les parties qu'il les envoyait disputer. Car Hadamas, en définitive, ne m'avait pas battu. Avec du recul (on peut prendre du recul dans l'éternité) il m'apparaissait clairement que, sans qu'on m'en eût jamais informé, j'avais été enrôlé dans un tournoi d'échecs, moi qui connais tout au plus la marche des pièces, et que malgré mon insuffisance j'avais fait mat le champion qui m'était opposé. En me remémorant les épisodes de la partie, je voyais des analogies étonnantes. Par exemple, refuser la seconde vie qu'on m'offrait, c'était prendre un fou ou une tour. Quant à la Nuit de Walpurgis si lamentablement ratée, cela ressemblait à une faute grossière de mon concurrent, et dont le châtiment était la perte de sa reine. Il ne restait plus qu'à capturer le roi. Je reconnus qu'Hadamas me concédait la victoire à quelques phrases qu'il prononça dans le dialecte archaïque dont il s'était servi pour extraire de leurs cercueils les personnages patibulaires qui nous entouraient. Ceux-ci disparurent comme ils étaient venus. Subitement, je ne les vis plus et, mieux encore, le malaise que me causait la réunion de ces crapules honoraires se dissipa. Rien ne s'opposait plus à l'allégresse qui m'habitait ; j'en jouissais comme d'un cadeau, que je méritais un peu, peut-être, mais dont la richesse dépassait de loin mes convoitises. Une pensée inattendue me traversa l'esprit ; je m'écriai en pouffant : « Docteur Faust, tu n'étais qu'un âne ! » Après quoi je me repentis d'avoir eu une pareille réaction. Ce n'était pas très charitable pour ce vieux farceur de Faust qui, en quatre-vingts ans de vie sinon davantage, n'était pas arrivé à se faire une philosophie et qui n'avait rien compris à la relativité du monde, au point d'échanger son âme immortelle contre des amusements éphémères. Dans une situation du même genre, je m'étais plus habilement conduit.

— Qu'est-ce qui se passe ? dit Hadamas. Je sens en moi quelque chose d'inconnu – qui n'est pas très agréable d'ailleurs. Pour être franc, il me semble que tu déteins sur moi. Légèrement, d'accord, mais il y a depuis un moment quelque chose de toi qui passe en moi. Cela ne m'était jamais arrivé. Comme une espèce d'indépendance tout à coup, ou une autre dépendance. Laisse-moi tranquille, Olivier. Je n'ai pas besoin de toi. Mes intérêts sont ailleurs. Tu me gênes, tu compliques tout. A cause de toi, je remets en question quelque chose qui n'avait pas bougé depuis le fond des temps. J'étais douillettement installé dans ce qu'il est convenu d'appeler « le Mal » et je m'y trouvais à merveille. Le Mal a toutes sortes d'attraits – pour ne pas dire de plaisirs – que les sectaires du Bien ne soupçonnent pas ou s'ingénient à calomnier. Et te voilà, toi, Olivier, petit homme fragile, défunt de modèle courant, te voilà, habitant anonyme de la terre, armé de ton seul esprit de contradiction et de ta jugeote, qui me bats à un jeu où j'ai été des milliers de fois gagnant.

C'est injuste, c'est contraire à la nature des choses. J'ai envie de te quitter, de te dire adieu pour toujours, mais je ne sais quoi, je ne sais quelle volonté dont j'ignore si elle vient d'En-Haut ou d'En-Bas, me lie à ta personne. Je ne parviens pas à arracher mon esprit du tien.

C'était peut-être le moment de lui demander, à lui qui connaissait la topographie du monde invisible, si nous étions réellement au Purgatoire, ainsi que j'en avais eu l'intuition lorsque je m'étais éveillé de mon bref sommeil mortuaire. Il me répondit que l'univers et ses différentes parties n'avaient pas de nom dans le langage de l'Au-delà, mais que le mot de Purgatoire pouvait convenir au lieu intermédiaire où lui et moi nous nous étions rencontrés. Cet endroit, selon lui, était un vivier riche en âmes, dans lequel le grand Maître ne dédaignait pas de venir pêcher, c'est-à-dire non pas lui personnellement, de qui cette besogne subalterne était indigne, mais tel ou tel de ses serviteurs.

— Toi, par exemple, dis-je.

— Oui, moi, répliqua Hadamas sur un ton de défi. C'est un travail qui me plaît et dont je me suis toujours acquitté avec honneur.

Etait-ce bien le mot ? Je ne le relevai pas, car cela nous eût embarqués dans une discussion oiseuse. Je demandai à Hadamas s'il avait recruté beaucoup d'habitants du Purgatoire. Plus qu'on n'aurait pu croire, répondit-il. Les gens s'ennuient ici, ils sont déconcertés par l'éternité. En outre, ils ont pris l'habitude, quand ils étaient vivants, d'avoir l'esprit constamment occupé de niaiseries, d'insignifiances, de bavardages. Après la mort, il n'y a plus de divertissements, plus de passions, plus de désirs, plus de curiosité pour le monde appelé « extérieur » puisqu'on est à l'intérieur de tout. Bref, il faut une certaine force de caractère (ou une imperméable bêtise) pour résister à un tentateur qui apporte sur un plateau une nouvelle ration d'aventures, une bienheureuse réédition de ce qu'on a connu et dont, bon ou mauvais, on a la nostalgie. D'autant plus que tout sera mieux, à en croire les promesses. On sera plus beau, plus veinard, plus séduisant, plus riche, on vivra plus longtemps, on jouira d'une santé de fer, etc.

— Ne me dis pas que tu attaques les gens avec des arguments aussi débiles ! m'écriai-je.

— Ça marche très bien, dit Hadamas avec

humeur. Et pas seulement auprès des imbéciles. Tu serais étonné par le nombre de personnes distinguées, même supérieures, qui s'y sont laissé prendre. Peut-être avaient-elles au fond d'elles-mêmes une certaine attirance pour le Mal, qu'elles avaient refrénée tout au long de leur vie terrestre et qui trouvait enfin une occasion noble de s'assouvir. Quand on m'a assigné la mission de t'amener, toi, Olivier, à nos idées, j'ai eu un mauvais pressentiment, mais là d'où je viens, on ne discute pas les ordres. Dès notre première rencontre, j'ai senti que tu allais être un cas difficile.

Voilà un gentil compliment et qui m'enorgueillit d'autant plus qu'il était fait avec amertume. Jusque-là, je n'eusse pas osé espérer que quelqu'un me trouvât « difficile ». Toute ma vie, au contraire, et presque en toute circonstance, j'ai cru que mon trait dominant était la facilité, que j'étais facile à vivre, facile de caractère, facile à convaincre (tantôt par bonne foi, tantôt par flemme de discuter), facile (et même coulant) en matière de mœurs ou de morale, bref accommodant. Et un émissaire du Maître d'En-Bas venait tout à trac me confier que je m'étais trompé pendant soixante-cinq ans, que j'étais une espèce de pierre, de rocher et qu'on ne me soulevait pas comme on voulait ! Rien de tel, en vérité, que d'être mort pour faire sur soi des découvertes capitales ! Je m'apprêtais à dire une gracieuseté à ce brave Hadamas, du genre « je t'aime bien, ma vieille branche, malgré toutes tes singeries pour faire de moi un féal du Malin. Je te pardonne tout, et finalement, je suis content que nous nous soyons connus »... Mais à un vide que je sentis à côté de moi, je compris qu'il n'était plus là. Il m'avait quitté à sa manière brusque, sans prendre congé, et je sus par une fugitive bouffée de néant à l'intérieur de mon être volatil qu'il m'avait quitté pour toujours, que je ne le verrais plus (langage terrestre), que nous ne nous chamaillerions plus jamais. Tout compte fait, il m'avait bien tenu compagnie pendant mon temps de Purgatoire ; sans lui, je me serais ennuyé à la longue et à force de solitude. L'enjeu que nous nous disputions, à savoir ma belle âme, unique, digne de tous les sacrifices et dont j'ignorais à quel point elle était précieuse, cet enjeu-là, je m'en rendais compte maintenant, avait rendu mon séjour ici un peu semblable à la vie sur terre. Eh quoi ! J'étais sorti vainqueur d'une longue et rude compétition, j'avais battu mon adversaire ; celui-ci s'était enfui ; il y avait bien là de quoi être content ! Or je ne l'étais pas. J'avais plus aimé la lutte que je n'aimais la victoire. Hadamas, en partant, avait emporté un morceau de moi, à savoir la part de Mal que tout individu, moi comme les autres, porte en soi. Est-ce étrange : je me sentais plus pur que je ne l'avais jamais été, vivant ou mort, et il me semblait que j'avais perdu quelque chose de nécessaire : cette épine du Mal qui m'avait égratigné jusqu'à présent allait me manquer.

J'en étais là de mes réflexions quand je pris conscience que je me trouvais toujours au Père-Lachaise, Paris à mes pieds et une lugubre atmosphère de fête ratée, de cotillon défraîchi, de lendemains navrants de beuverie. La Nuit de Walpurgis organisée par Hadamas, si brève, si sommaire qu'elle eût été, avait rempli tout le cimetière d'une tristesse sordide et gluante dont on sentait qu'elle mettrait plusieurs jours à se dissiper. L'endroit est beau, historique, je dirai même pittoresque, mais je n'avais qu'une envie : le fuir. J'éprouvais un sentiment que je n'avais jamais connu auparavant ni dans ma vie terrestre ni dans ma vie posthume : l'horreur insurmontable du Mal. Cela ressemblait à une nausée, une suffocation, à un hérissement de tout mon être, à la volonté de fuir le plus loin possible du foyer d'où irradiait le Mal. J'étais stupéfait de constater cette intolérance nouvelle ; en même temps je m'apercevais avec bonheur que le morceau de moi qu'Hadamas avait emporté dans sa fuite ne me manquait pas du tout, que l'endroit de mon âme où il l'avait prélevé avait déjà cicatrisé. Je voyais en moi une clarté à la fois diffuse et éblouissante. Je ne sais quelle impulsion me fit décider d'aller revoir ma tombe dans le vieux cimetière de quartier où mes os n'avaient pour seule compagnie que les os de Monmon et de Marie-Françoise. Mais là, l'éternité et le temps humain m'avaient joué un de leurs tours habituels : la tombe était noire et la dalle ébréchée. Nul n'était venu là depuis combien d'années ? Tandis que l'éternité avait filé pour moi comme une lettre à la poste. J'avais fait un certain nombre de choses pendant cette éternité-là – ne serait-ce que d'avoir revécu la vieille histoire de Faust – et j'avais l'impression que j'étais mort hier ou le matin même, que j'étais tout frais, tout tiède dans l'Au-delà, non seulement en esprit mais aussi physiquement. D'ailleurs, de façon étrange, il me semble que je ne suis plus tout à fait un pur esprit. Je sens des sortes de fourmillements dans ce qui était autrefois mes membres. On dirait que je respire des odeurs, et ces odeurs sont suaves. On dirait également que je touche la matière et – ô merveille – qu'elle me résiste. Pour un peu, elle me blesserait. Où tout cela me mènera-t-il ? Je n'ose pas le penser, autant par superstition que par humilité.

11 janvier – 9 mars 2004

Photocomposition Nord Compo
59659 Villeneuve-d'Ascq

Cet ouvrage a été imprimé par la
SOCIÉTÉ NOUVELLE FIRMIN-DIDOT
Mesnil-sur-l'Estrée
pour le compte des Éditions Plon
76, rue Bonaparte
Paris 6e
en février 2006

Imprimé en France
Dépôt légal : juin 2004
N° d'édition : 13790 - N° d'impression : 78000